사람을 얻는 지혜

발타자르 그라시안 이 모랄레스(Baltasar Gracián y Morales)
(1601-1658)

현대지성 클래식 46

사람을 얻는 지혜

ORACULO MANUAL Y ARTE DE PRUDENCIA

발타자르 그라시안 지음 | 김유경 옮김

현대
지성

일러두기

1. 저자는 로마가톨릭의 예수회 소속 신부였지만, 그의 글 안에는 종교적 언급이 거의 없고 기독교 도덕 개념을 지향하지도 않는다. 이런 격언 형식은 성서의 여러 책 중에서 솔로몬이 기록한 『잠언』을 떠올리게 한다.
2. 원서는 번호가 붙은 300개의 단락으로 구성된다. 단락마다 앞부분에는 짧은 주제어인 격언이나 행동 규칙이 나오고, 이어서 내용이 전개된다. 문장들은 아주 짧지만, 의미 구조는 복잡한 편이다. 1번과 300번만 전체 작업을 위한 일종의 틀에 해당하고, 2~299번은 각기 독립적이기 때문에 독자가 보고 싶은 부분을 선택할 수 있다. 이 중 72개는 작가의 다른 책에서 출처를 찾을 수 있고, 나머지 228개는 새로 추가된 내용이다. 역자는 이 부분 번역 시 최대한 원문을 살렸지만, 효율적인 의미 전달을 위해 형태를 바꾸기도 했다.
3. 본문에 나온 인물 생몰연대는 모두 옮긴이가 붙인 것이다. 이 책은 번역 대본으로 다음 원서에 사용된 본문을 기준으로 삼았다.
   Oráculo manual y arte de prudencia (Huesca: Juan Nogués, 1647).
   현대어 편집본은 다음 원서를 참고했다.
   Oráculo manual y arte de prudencia, ed. Emilio Blanco (Madrid, Catedra, 1995).
4. 주석은 에밀리오 블랑코(Emilio Blanco)와 로메라-나바로(Romera-Navarro)를 비롯한 다양한 학자들의 연구 내용을 참고했다.
5. 본문 각주는 모두 옮긴이가 붙였다.
6. 300개 단락의 제목은 원문에는 없으나, 이해를 돕기 위해 한글판 편집자가 붙였다.

차례

2부 면도날처럼 날카롭게 현실을 인식하라 : 현실

3부 인생은 짧지만 잘 살아낸 삶의 기억은 영원하다 : 안목

이 세상은 천국과 지옥의 중간에 있다: **평정심**

7부 인생의 진정한 공부를 마지막으로 미루지 말라 : 온전함

8부 5년마다 새로운 단계로 도약하라 : 성숙

1. 책 전체의 서문에 해당하는 〈독자에게〉 부분은 1647년 이 책의 출판을 담당했던 돈 빈센시오 후안 데 라스타노사(Don Vincencio Juan de Lastanosa)의 글로 보이나 확실하지는 않다. 이 사람이 참고 자료 일부에서 저자의 다른 책 서문과 이 책의 〈독자에게〉에서 나오는 내용을 언급하고 있으므로 그렇게 추측한다. 그는 그라시안의 친구로서 지식인과 예술가를 많이 후원한 스페인의 학자이자 수집가였고, 다양한 책이 있는 거대한 도서관을 소유할 정도로 문화 전반에 큰 영향을 끼친 인물이다.
2. 기본적으로 자신에 대한 숙고가 타인에 대한 숙고보다 어렵다는 것을 전제로 한 표현이다.
3. 이 내용은 저자가 12권의 책을 출판하지 않았기 때문에 학자들도 혼란스러워하는 부분이다. 헤라클레스의 12가지 과업을 따라 작품 12가지를 출판하려는 계획이 있었던 것으로도 보인다. 로메라-나바로(Romera-Navarro, 히스패닉계 문헌학자이자 역사가)는 여기에 『신탁』(*El Oráculo*)을 따로 넣었고, 『비평가』(*El Criticón*)를 3번에 걸쳐 출간한 것도 횟수에 포함했다. 에밀리오 블랑코(Emilio Blanco, 마드리드 콤플루텐세 대학교의 스페인어 문학 교수)는 저자가 집필 중이었던 작품까지 포함한 것으로 보았다. 또는 그의 작품 중 일부가 유실된 것으로 보기도 한다.
4. 이 내용은 오류로 보기도 한다. 프랑스에서 1645년 니콜라스 제르베즈(Nicolás Gervaise)가 번역한 작품은 『영웅』(*El Héroe*, 프랑스어 *L'Heros de Laurens Gracian*)이기 때문이다.
5 현자들이 연회 중에 만나 수다를 떠는 고대의 전통이 있는데, 이에 관해 언급한 유명한 작품으로는 플라톤의 『향연』과 플루타르코스의 『일곱 현인의 향연』이 있다.
6. 어떤 목적을 위해 필요한 것을 기록하거나 주석을 달아 놓은 책이나 노트이다.

독자에게[1]

올바른 사람에게는 법이 필요 없고, 현명한 사람에게는 조언이 필요 없다. 하지만 그 누구도 스스로 만족할 만큼 많이 알지는 못했다.[2] 당신은 어떤 면에서는 나를 용서하고, 또 어떤 면에서는 내게 감사해야 한다.

먼저, 삶의 지혜를 담은 이 요약서를 '신탁'(Oráculo)이라고 부른 것에 대해 용서를 구한다. 그렇게 한 이유는 이 내용이 교훈적이고 간결하기 때문이다. 대신 그라시안이 쓴 열두 권[3]을 같은 형태로 모두 제공하는 것에는 내게 감사해야 한다. 그의 작품들은 모두 호평을 받았는데, 그중 『신중한 사람』(*El Discreto*)은 스페인에서 출판되자마자 프랑스어로 번역되어 궁정에서 읽히는 큰 성공을 거두었다.[4]

이 책이 현자들의 향연[5]에서 이성을 밝히는 비망록[6]으로 사용되길 바란다. 이 안에는 지혜의 양식들이 기록되었는데, 이 맛을 즐겁게 나누기 위해 나머지 작품들에서도 계속 제공할 것이다.

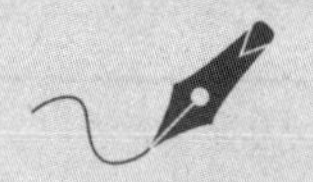

ORACULO MANUAL Y ARTE DE PRUDENCIA

1부

인간의 위대함은 운이 아니라 미덕으로 평가되어야 한다

미덕

001

오늘날, 온전한 사람이 된다는 것

이미 모든 것이 정점에 이르렀고, 사람[7]도 가장 완벽한 상태에 이르렀다. 오늘날 한 명의 현자를 길러내는 데는 옛날에 일곱 현자[8]를 길러내는 것보다 더 큰 노력이 필요하다. 또한, 오늘날 한 사람을 다스리는 데에는 과거에 한 마을을 다스리던 것보다 더 많은 것이 필요하다.

7. 여기서 '사람'(Persona)은 책에 자주 등장하는 저자의 중심 개념 중 하나다. 주로 일반적인 사람이 아니라 완벽한 능력을 갖춘, 즉 자아실현을 이룬 사람을 의미한다. 이후에는 주로 '온전한 사람'으로 번역한다.
8. 그리스를 대표하는 일곱 현자를 뜻한다.

002

온전한 사람은 두 가지에서 조화를 이룬다

기질[9]과 재능.[10] 이것들은 탁월한 자질[11]의 두 축이다. 따라서 이 중 하나만 있으면, 반쪽짜리 행복만 누리는 셈이다. 재능만으로는 충분하지 않고, 타고난 기질도 필요하다. 한편, 어리석은 사람은 자신의 상태[12]와 일, 지역, 친구를 잘못 선택해 불행해진다.

---

9. 기질(Genio): 탁월함으로 이끄는 인간의 본질로 성격과 개성 등을 포함한 선천적 요소를 뜻한다.
10. 재능(Ingenio): 상상력과 지식을 통해 유용한 것을 만들고 창조하는 능력으로 주로 후천적으로 얻게 된 이해력, 지능, 재주 등을 말하는 경우가 많다. 또한, 이것은 끝없이 변화하는 요소다. 작가가 사용한 이 단어에는 하나로 정의하기 힘든 미묘한 뜻이 담겨 있지만, 이 책에서는 '재능'으로 통일해 옮긴다.
11. 온전한 사람에게 나타나는 육체적 또는 도덕적으로 완벽한 자질을 의미한다.
12. 결혼과 같은 법적 '신분'뿐만 아니라 '존재의 상태'(State of being)를 의미하기도 한다. 이 문장에서는 배우자 선택이나 자기 자신에 대해 느끼는 방식에 잘못이 있을 수 있음을 암시한다.

003

하수는
모든 것을 드러낸다

일할 때 전부를 드러내지는 말라. 새로움에 대한 감탄은 성과의 가치를 높인다. 패를 다 보이는 게임은 도움이 안 될뿐더러 즐겁지도 않다. 성과를 곧장 드러내지 않으면 상대방이 기대하게 되는데, 특히 모두가 기대하는 중요한 직책에 있을 때는 기대감이 더 높아진다. 따라서 모든 일에 신비감을 주어 존경심을 유발해야 한다. 사람들과 교제할 때 속마음을 다 털어놓지 말아야 하는 것처럼, 자기 생각을 알릴 때도 모든 걸 다 드러내면 안 된다. 조심스러운 침묵은 지혜의 성역이다. 다 공개된 해결책은 절대 높은 평가를 받지 못하고, 오히려 비난받기 쉽다. 그런데 거기에 결과까지 안 좋으면, 불행은 배가 될 것이다. 그러므로 신이 움직이는 방법을 모방하여 사람들이 당신을 주시하고 신경 쓰게 만들어야 한다.

004

참된 지식은 용기를 준다

지식과 용기가 위대함을 만든다. 지식과 용기는 불멸하므로, 위대함도 불멸한다. 사람은 자기가 아는 만큼 행하기 때문에, 현명한 사람은 모든 것을 할 수 있다. 지식이 없는 사람은 어두운 세상 속에서 사는 것이나 마찬가지다. 지식은 두 눈과 같고, 용기는 두 손과 같다. 따라서 용기 없는 지식은 아무 열매도 맺지 못한다.

005

사람들이 당신에게 매달리게 하라

의존하게 만들라. 우상을 우상되게 하는 건 거기에 금을 입히는 사람이 아니라, 그것을 숭배하는 사람이다. 현명한 사람은 자신에게 감사하는 사람보다 자신을 필요로 하는 사람을 원한다. 평민의 감사보다는 궁정의 기대를 받는 편이 낫다. 전자는 잊히지만, 후자는 기억되기 때문이다. 사람들에게 감사를 받는 것보다는 의존하게 만듦으로써 더 많은 것을 얻을 수 있다. 해갈한 사람은 샘에서 등을 돌리고, 황금 쟁반에 있던 오렌지도 즙을 다 짠 후에는 진창에 떨어진다. 의존할 필요가 없어지면 예의 바른 행동도 사라지고, 그렇게 존중도 끝난다. 따라서 위안을 주되 완전히 만족시키지는 말고, 항상 다른 사람에게 필요한 존재가 되도록 유지해야 한다. 이것은 경험에서 우러나온 가장 중요한 교훈이다. 왕관을 쓴 군주라도 사람들에게 필요한 존재가 되어야 한다. 단, 너무 침묵하여 다른 사람이 실수하게 하거나, 자기 이익 때문에 다른 사람에게 돌이킬 수 없는 피해를 주어서는 안 된다.

006

필요한 존재가 되는 법

완성된 사람. 완성된 모습으로 태어나는 사람은 없다. 따라서 재능과 능력이 탁월해지는 완성된 정점에 이를 때까지 날마다 개인적으로나 직업적으로 개선해 나아가야 한다. 완성된 사람은 고상한 취향과 정련된 재능, 성숙한 판단, 분명한 의지를 통해 드러난다. 그러나 절대로 완성에 도달하지 못하는 사람들도 있는데, 늘 뭔가가 부족하기 때문이다. 또한, 늦되는 사람들도 있다. 현명하게 말하고 지혜롭게 행동하는 완성된 사람은 신중한 사람들에게 인정받고, 그들 사이의 뛰어난 거래[13]에서 필요한 존재가 된다.

---

13. 다른 사람들과 나누는 의사소통, 교제, 지식 우정 등을 뜻한다.

007

자기 장점을 다 드러내지 말라

윗사람을 이기려고 하지 말라. 모든 승리는 미움을 가져오는데, 특히 윗사람을 이기는 것은 어리석고 치명적이다. 우월함은 늘 남의 반감을 불러오기 마련인데, 윗사람보다 우월하면 훨씬 더 많은 반감을 산다. 신중한 사람은 세속적인 장점들을 감추는데, 이것은 마치 겉모습을 흐트러뜨려 아름다움을 감추는 것과 같다. 사람들은 남들이 행운을 누리고 좋은 기질[14]을 가진 것은 별로 신경 쓰지 않지만, 자신보다 재능[15]이 뛰어난 것은 참지 못한다. 군주라면 더 그럴 것이다. 이것은 군주의 속성이고, 그에게 반하는 모든 범죄는 대역죄에 속했다. 윗사람들은 군주나 마찬가지다. 그들은 가장 중요한 일에서 군주처럼 지배하길 원한다. 군주는 도움을 받는 건 좋아하지만, 누군가가 자신을 능가하는 건 원치 않는다. 따라서 그에게 조언할 때는 그가 볼 수 없었던 빛을 일깨워주는 방식이 아니라, 마치 잊어버린 것을 상기시켜주는 듯이 해야 한다. 다행히도 별들이 우리에게 이런 지혜를 가르쳐준다. 비록 태양의 자녀인 별들은 빛을 내지만, 절대 태양보다 밝게 빛나려고 하지 않는다.

---

14. 각주 9 참조.
15. 각주 10 참조.

008

감정에 휘둘리는 순간, 일을 그르친다

정념에 사로잡히지 않는 사람. 이런 사람은 가장 고귀한 정신을 얻는다. 그런 우월한 경지에 이르면 제멋대로 하는 저속한 감정들에 매이지 않는다. 자기 자신과 감정을 다스리는 것보다 더 큰 지배는 없고, 그럴 때 자유의지가 승리한다. 따라서 정념에 사로잡힐 때는 일을 맡지 말라. 특히 높은 지위에 있다면 더 그렇게 해야 한다. 이것이 문제를 피하고 평판을 지키는 지름길이다.

009

결점을 고칠 수 없다면, 숨겨라

자기 민족의 결점을 숨겨라. 수질은 물이 지나가는 지층의 질이 좋고 나쁨에 달려 있고, 사람은 태어난 환경에 영향을 받는다. 어떤 사람은 다른 사람보다 국가에 더 많은 빚을 지고 있는데, 더 유리한 환경에서 태어났기 때문이다. 모든 민족에게는 본래의 결점이 있기 마련이다. 심지어 가장 문화 수준이 높은 민족이라도 이웃 민족의 비난을 피할 수가 없다. 그들은 경계로 삼고 거기서 위안을 얻으려는 것이다. 따라서 이런 자기 민족의 결점들을 고치거나, 최소한 그것을 숨기는 것이 승리의 기술이다. 그렇게 하면, 동족 사이에서 유일무이하다는 명성을 얻게 될 것이다. 기대치가 적은 일은 더 높은 평가를 받기 때문이다. 마찬가지로 혈통과 신분, 직업, 나이로 인해 생기는 결점도 있다. 만일 이 모든 결점이 한 사람에게 몰리고, 그것들을 주의하여 막아내지 못한다면, 그 사람은 참아내기 힘든 괴물이 된다.

010

운보다
미덕을 사랑하라

행운과 명성. 행운은 불안정하지만, 명성은 안정적이다. 전자는 현세를 위한 것이고, 후자는 후세를 위한 것이다. 전자는 질투와 맞서고, 후자는 망각과 맞선다. 행운은 소망하는 것이고 때로는 도움으로도 얻을 수 있지만, 명성은 노력으로 얻어진다. 명성에 대한 욕구는 미덕에서 나온다. 명성[16]은 거인들의 여동생이었고, 지금도 마찬가지다. 명성은 늘 혐오스러운 괴물이나 칭찬받는 신동 쪽으로 양극단을 걷는다.

---

16. 파마(fama)는 소문이나 명성을 인격화한 여신으로 가이아 또는 엘피스의 딸이고 거인들의 여동생이다.

011

하나라도 배울 게 있다면 나의 스승이다

배울 게 있는 사람과 교제하라. 친구와의 교제가 지식을 얻는 학교가 되게 하고, 대화는 교양 있는 배움이 되게 하라. 즉, 친구들을 스승으로 삼아 대화의 즐거움도 누리면서 유익한 배움을 얻어라. 말할 때는 박수를 받고, 들을 때는 배우면서 박식한 사람들과 이런 기쁨을 즐기라. 다른 사람에게 끌리는 이유는 대부분 자기 이익 때문이지만, 고상한 관심에 끌리는 사람도 있다. 지혜로운 사람은 궁정 영웅들[17]의 집에 더 자주 들른다. 하지만 이곳은 허영심의 궁전이 아니라, 영웅심의 무대이다. 평판이 좋고 신중한 사람들이 있다. 그들의 본보기는 위대한 신탁 그 자체이다. 그뿐만 아니라 그들과 교제하는 사람들의 모임은 매우 뛰어나고, 정중한 분별력을 갖춘 궁정 학교가 된다.

17. 저자는 '영웅'이라는 단어를 많이 사용하는데, 이것은 우월함, 저명함, 탁월함, 고귀함 등의 단어와 상통한다. 또한, 미덕을 사랑하라는 저자의 목적에 부합하는 숭고한 미덕의 총체를 의미하기도 한다.

012

천재도
최선을 다한다

자연과 기술은 재료와 작품의 관계와 같다. 아름다움은 뭔가의 도움 없이는 존재할 수 없고, 완벽함도 적절한 기교가 없으면 야만성으로 변할 수밖에 없다. 기교는 나쁜 것을 좋게 바꿔주고, 좋은 것은 더 완벽하게 만들어준다. 보통은 자연이 우리에게 가장 좋은 것을 주지 않기 때문에, 기술로 눈을 돌려야 한다. 천부적인 소질도 기술을 거치지 않으면 거칠다. 그리고 단련하지 않으면 모든 완벽함은 절반으로 준다. 모든 사람은 기교가 없으면 거칠어 보이므로 모든 종류의 완벽함에 이르려면 연마가 필요하다.

013

의도가 한눈에 파악되지 않게 하라

때로는 두 번째 의도대로, 때로는 첫 번째 의도대로 행동하라.[18] 인간의 삶은 인간의 교활함과 맞서 싸우는 한 편의 전쟁이다. 그리고 교활함은 의도라는 전략을 갖고 싸운다. 사람들은 절대 드러낸 의도대로 행동하지 않는데, 이는 물론 현혹하기 위해서다. 능숙하게 넌지시 속이고 예상치 못한 결과로 끌고 가며, 늘 감쪽같이 숨기려고 한다. 상대의 주의를 끌려고 일부러 자기 의도를 살짝 드러내기도 하지만, 곧 반격을 가해 예상치 못한 승리를 거둔다. 하지만 날카로운 지성은 이런 상황들을 신중하게 예상하고, 조심스럽게 관찰하며, 늘 적이 드러내는 의도를 반대로 생각한다. 그런 식으로 속이려는 적의 모든 의도를 바로 알아챈다. 즉, 모든 첫 번째 의도는 지나치고, 두 번째나 세 번째 의도까지 기다린다. 교활함은 자기 속임수가 들통나면, 더 위장하고 진실 자체까지 속이려고 한다. 즉, 계략을 바꾸기 위해 경기를 바꾸고, 계략을 쓰지 않는 척하면서 속이고, 가장 순진한 척하며 간계를 만든다. 그렇지만 지성은 관찰을 통해 그 속임수를 꿰뚫고 빛에 가려진 어둠을 발견한다. 그리고 교활한 의도는 악의가 없을수록 더 잘 파악된다. 이런 식으로 피톤의 교활함은 아폴론의 꿰뚫는 광선들이 지닌 순진함과 맞서 싸운다.[19]

014

현명한 방법은 본질 못지않게 중요하다

실체와 방식. 본질만으로 충분하지 않고, 환경도 신경 써야 한다. 나쁜 방식은 모든 것, 심지어 정의와 이성까지도 망친다. 좋은 방식은 모든 것을 보완한다. 즉, 부정을 긍정으로 가려주고, 진실을 달게 만들며, 노인이라도 젊게 보이게 한다. 일에서도 방식은 중요한 부분을 차지하는데, 좋은 방식을 선택하면 다른 사람의 호감을 얻는다. 좋은 행동은 삶의 장식이고, 무엇보다도 좋은 결말을 약속한다.

---

18. 여기에서 첫 번째와 두 번째 의도가 무엇인지에 대해서는 학자마다 견해가 다르다. 대체로 직접/간접, 공개/비공개, 솔직/교묘 등의 반대되는 개념들이다. 즉, 이 문장은 상황에 따라 조심스럽고 지혜롭게 행동하라는 의미로 볼 수 있다. 순서를 바꿔서 쓴 이유는 '두 번째 의도'의 중요성을 강조하기 위해서이다.
19. 태어난 지 나흘밖에 안 된 어린 아폴론은 교활한 뱀 궁술의 신 피톤을 죽였다.

015

당신이 자주 만나는 현자들은 누구인가

도움이 될 만한 현자들을 곁에 두라. 권력자들의 행운은 똑똑하고 용감한 사람들과 함께하는 데 있다. 이들은 모든 무지한 곤경에서 그들을 구해주고, 어려운 문제를 해결하기 때문이다. 현자들을 활용할 줄 아는 이런 특별한 위대함은 항복한 왕들을 종으로 삼기를 즐기는 티그라네스 왕[20]의 야만적인 취향보다 훨씬 훌륭하다. 기교를 써서 자연이 우월하게 만들어놓은 현자들을 종으로 삼는 것은 인생의 전성기를 누리는 새로운 지배 방법이다. 지식은 많고 인생은 짧으니,[21] 제대로 모르면 인생을 살아갈 수 없다. 따라서 큰 노력을 들이지 않고도 여러 방법을 통해 모든 것을 배우는 일은 매우 현명한 처사다. 이후 모임에서 많은 사람의 말을 대신하거나 현자들이 미리 말해준 지식을 말하면, 다른 사람의 노력을 의지해 예언자라는 명성을 얻게 된다. 이런 현명한 사람은 먼저 교훈을 선택하고, 지식의 진수를 제공한다. 단, 그들을 종으로 삼을 수 없다면, 대신 친구로 삼아 지식을 얻으면 된다.

---

20. 티그라네스 2세: 아르메니아의 전성기를 이끈 왕으로 여러 전쟁에서 왕들을 무찌른 후 그들을 노예로 삼는 등 야만적인 왕으로 알려져 있다.
21. "예술은 길고 인생은 짧다"라고 한 히포크라테스 잠언의 오마주다.

016

좋은 지식이 나쁜 의도와 결합하면 광기가 된다

좋은 의도가 담긴 지식을 지녀라. 이것은 백발백중 성공을 보장한다. 하지만 좋은 지식이 나쁜 의도와 결합하면 늘 괴물 같은 고통을 낳았다. 나쁜 의도는 완벽함을 해치는 독이 되고, 여기에 지식의 도움이 더해지면 더 교묘하게 해를 끼친다. 파멸을 낳는 불행한 우월함이여! 사리 분별이 없는 지식은 갑절의 광기가 된다.

017

예측 가능한 사람이 되지 말라

행동 방식을 다양하게 하라. 남들의 주의를 다른 곳으로 돌리려면 절대 같은 방식으로 행동해서는 안 된다. 특히 적을 상대로 할 때는 더욱 그렇다. 항상 첫 번째 의도[22]대로 행동해서는 안 된다. 만일 그렇게 하면, 상대는 늘 의도가 같다는 것을 미리 포착하고, 그런 행동을 실패로 돌아가게 할 것이다. 똑바로 날아가는 새를 죽이기는 쉽지만, 비틀거리며 날아가는 새를 죽이기는 어렵다. 그렇다고 늘 두 번째 의도대로 행동해서도 안 된다. 그러면 상대는 그렇게 하리라는 계획을 미리 알아챌 것이기 때문이다. 악의는 늘 기회를 노리고 있으므로 그것을 피하려면 뛰어난 기지가 필요하다. 도박꾼도 게임을 할 때는 상대가 예상하는 패를 내지 않고, 상대가 원하는 패는 더더욱 내지 않는 법이다.

22. 각주 18 참조.

018

타고난 능력도 노력이 완성한다

노력과 미네르바.[23] 이 두 가지가 없으면 탁월함도 없고, 두 가지를 다 갖추면 매우 탁월해진다. 평범하지만 노력하는 사람은 탁월하지만 노력하지 않는 사람보다 많은 것을 얻는다. 명예는 노력의 대가로 얻을 수 있는데, 노력이 적으면 그 가치도 적다. 높은 자리에 올라가지 못하는 이유도 노력의 부족 때문이지, 능력이 부족한 경우는 드물었다. 낮은 자리에서 뛰어난 것보다는 높은 자리에서 평범하길 원한다는 말은 그럴싸한 변명거리이다. 하지만 높은 자리에서 뛰어날 수 있었음에도, 낮은 자리에서 평범하게 머무르기를 만족하는 것은 변명거리가 될 수 없다. 그러므로 타고난 능력과 기술이 필요하고, 노력이 그것을 완성한다.

---

23. 미네르바('아테나'의 라틴식 이름): 그리스 신화에서 '전쟁과 지혜의 여신'으로, 여기에서는 선천적이고 도덕적인 능력이나 자질, 지혜, 지식 등을 의미한다.

019

나에게 기대감보다 호기심을 갖게 하라

남들의 기대감이 너무 높을 때는 시작하지 말라. 전에 아주 유명했던 사람도 이후에 과도한 기대감에 부응하지 못해 불행해지는 경우가 많다. 현실은 절대 상상을 따라가지 못한다. 완벽해지는 상상을 하는 건 쉽지만, 실제로 완벽해지기는 매우 어렵기 때문이다. 상상이 욕구와 결합하면 늘 실제보다 더 큰 기대감을 낳는다. 그래서 아무리 탁월한 것이라도 이미 높아진 기대감을 만족하게 하기엔 역부족이다. 그리고 지나친 기대를 했다가 실망하게 되면 감탄보다 환멸이 더 빨리 찾아온다. 기대감은 사실을 크게 왜곡한다. 따라서 지혜로운 사람이라면 잘못된 기대를 바로 잡고, 그 기대 이상의 만족을 주도록 노력해야 한다. 명성을 얻는 시작은 자신에 대한 기대감을 높이는 게 아니라, 호기심을 갖게 하는 것이다. 물론 실제가 기존의 기대치를 능가하고, 남들 생각보다 더 좋으면 결과도 더 좋다. 하지만 반대로 나쁜 일은 나쁠 거라는 기대가 클 때 시작하는 게 낫다. 나쁜 일에서는 오히려 부풀리는 게 도움이 되기 때문이다. 과장된 기대와 달리 실제로는 덜 나쁘다는 사실이 드러나면 오히려 박수를 받는다. 처음에 아주 안 좋다고 두려워했던 것이 생각보다 견딜 만하게 보이기 때문이다.

020

운도, 노력도 필요하지만 시대를 읽는 힘이 더 탁월하다

시대를 잘 타고난 사람. 아주 탁월한 사람들은 드문데, 이들은 시대가 좌우한다. 모든 사람이 자기와 맞는 시대를 타고나지는 않았다. 그리고 그런 시대를 타고났다고 해도 많은 사람이 시대를 제대로 누리지 못했다. 또한, 더 나은 시대를 타고났다면 좋았을 사람들도 있다. 모든 선이 늘 승리하는 건 아니기 때문이다. 만사가 때가 있고, 탁월함도 드러나는 시대가 있다. 그러나 이런 면에서 지혜는 유리한데, 이는 지혜가 영원하기 때문이다. 혹여 이 지혜가 당신 시대에 맞지 않는다고 해도, 다른 많은 시대에는 잘 맞게 될 것이다.

021

행운으로 가는 길에는
미덕과 용기가 함께 있다

행운을 얻는 기술. 행운에도 나름의 규칙이 있다. 현명한 사람에게는 모든 일이 우연이 아니다. 노력의 도움으로 그것을 얻을 수 있기 때문이다. 어떤 사람들은 행운의 문 앞에 기분 좋게 서 있기만 하면서, 행운의 여신이 일해주기만을 기다린다. 하지만 어떤 사람들은 그 문 안으로 직접 들어간다. 그리고 신중함과 맞먹는 대담함으로 미덕과 용기의 날개를 타고 행운의 여신에게 날아가 그녀를 아주 즐겁게 해준다. 하지만 깊이 생각해보면, 행운으로 가는 길은 미덕과 신중의 길뿐이다. 지혜보다 더 큰 행운은 없고, 어리석음보다 더 큰 불행은 없기 때문이다.

022

재치 있는 말 한 마디가 종종 진지한 가르침을 앞선다

칭찬받을 만한 지식을 가진 사람. 지혜로운 사람들의 탄약은 정중하고 유쾌한 지식이다. 즉, 그들은 더 박식하고 덜 통속적이며, 모든 흐름을 꿰뚫는 실용적인 지식을 갖고 있다. 그들의 말은 시의적절하고 재치가 풍부하며, 행동은 정중하다. 그리고 그것들을 상황에 맞게 사용할 줄 안다. 종종 재치 있는 말 한마디가 진지한 가르침보다 낫다. 대화를 통해 얻은 지식[24]은 매우 자유분방하면서도, 일곱 가지[25]보다 유익하다.

---

24. 사회적 상호 작용을 통해 즐거운 방식으로 공유할 수 있는 지식을 뜻한다.
25. 중세시대 7가지 교양 과목인 3과목(trivium : 문법, 수사학, 논리학)과 4과목(quadrivium : 수학, 기하학, 천문학, 음악)을 뜻한다.

023

결점마저도 가려주는 나만의 필살기를 가져라

결점을 남기지 말라. 이것은 완벽해지기 위해 꼭 필요한 조건이다. 정신적으로나 육체적으로 결점이 없는 사람은 소수다. 그리고 그런 사람은 자기 결점에 열중하는데, 그것을 쉽게 고칠 수 있기 때문이다. 다른 사람의 결점을 잘 알아채는 사람은 상대방이 전체적으로 볼 때 매우 탁월하더라도 사소한 결점을 찾아내 비난한다. 구름 한 조각이면 모든 태양을 가리기에 충분하기 때문이다. 결점은 명성에 흠이 되는데, 악의는 그것을 즉시 알아채고 계속 결점을 주시한다. 따라서 결점을 멋진 장식으로 바꿀 줄 아는 것은 최고의 기술이다. 카이사르가 그런 기술을 가졌는데, 그는 자신의 타고난 결점을 월계관[26]으로 숨길 줄 알았다.

---

26. 고대 로마 제정기의 전기 작가인 수에토니우스의 기록에 따르면, 카이사르는 대머리를 감추기 위해 월계관을 쓰고 다녔다.

024

미친 상상력을 제어하는 분별력을 지녀라

상상력을 다스리라. 어떨 때는 상상력을 바로잡고, 또 어떨 때는 상상력을 북돋워야 한다. 행복은 상상력에 달렸고, 이것은 지혜까지 통제하기 때문이다. 하지만 종종 상상력은 폭군처럼 구는데, 사색에 만족하지 않고 직접 행동에 나서려 하기 때문이다. 심지어 삶을 지배하는 때도 많다. 따라서 그것의 어리석음에 따라 삶이 좋거나 나빠질 수 있다. 상상력에 따라 자신에게 만족하거나 불만을 가질 수 있기 때문이다. 또한, 어떤 사람들에게 상상력은 형벌만 선언한다. 어리석은 자들은 집에서 손수 사형집행을 하기 때문이다. 하지만 어떤 사람들에게는 행복뿐만 아니라, 기절할 정도로 좋은 모험을 제안한다. 따라서 가장 지혜로운 신데레시스[27]로 상상력을 다스리지 않으면, 이 모든 일이 벌어질 수 있다.

---

27. 신데레시스(synderesis): 선을 인지할 수 있는 선천적 능력(성향)이고, 양심의 가책을 느끼게 하는 이성과 지성의 능력을 말한다. 이성의 오류를 바로잡고 민감한 욕망을 지배하여 '양심의 불꽃'이라고도 불린다. 이 책에서 저자가 말하는 '분별력'이나 '판단력', '양식'(良識)의 의미와 일맥상통한다. 이후부터는 '양식'으로 옮긴다.

025

가장 중요한 진실은 항상 절반만 전해진다

이해력이 좋은 사람.[28] 예전에는 생각하는 능력이 기술 중의 기술이었지만, 지금은 그것만으로는 부족하다. 알아채는 능력이 필요한데, 특히 속임수가 있을 때는 더 그렇다. 잘 이해하지 못하는 사람은 다른 사람을 제대로 이해시킬 수 없다. 다른 사람의 마음을 꿰뚫어보고 그들의 의도를 잘 알아채는 예리한 사람들이 있다. 우리에게 가장 중요한 진실은 항상 절반만 전해진다. 주의 깊은 사람만이 그 진실을 모두 이해할 수 있다. 그들은 자신에게 호의적인 일에는 맹신의 고삐를 당기고, 마음에 들지 않는 일에는 맹신에 박차를 가한다.

28. "이해력이 좋은 사람에게는 긴말이 필요 없다"라는 속담에서 인용한 문장이다.

026

사람의 의지를 움직이는 기술

각자의 약점을 파악하라. 이것은 다른 사람의 의지를 움직이는 기술이다. 그렇게 하려면 상대의 의지를 움직이겠다는 결심보다는 기술이 필요하다. 즉, 사람마다 어디를 통해 접근해야 하는지 파악해야 한다. 의지에는 특별히 좋아하는 부분이 담겨 있는데, 그것은 각자 취향에 따라 다르다. 모든 사람은 저마다 우상을 섬긴다. 어떤 이들은 명성을, 어떤 이들은 이익을, 그리고 대부분은 쾌락을 숭배한다. 따라서 저마다의 우상들을 알아내 효과적으로 자극하는 것이 다른 사람을 움직이는 기술이다. 이는 다른 사람의 의지를 움직이는 열쇠와 같다. 따라서 먼저 각 사람을 움직이게 하는 주요 원동력을 파악해야 한다. 단, 그것이 늘 지고한 건 아니고, 가장 저열한 경우도 많다. 세상에는 질서 있는 사람보다 무질서한 사람이 더 많기 때문이다. 먼저 각자의 주요 기질[29]을 예측하고, 좋아하는 부분을 파악하며, 말로 그 약점을 건드려야 한다. 그러면 분명 상대방의 의지를 움직일 수 있을 것이다.

29. 행동을 추진하는 기본적인 본능을 의미한다.

027

책의 가치를 두께로 평가하지 말라

외면보다 내면을 더 중시하라.[30] 완벽함은 양이 아닌 질에 달려 있다. 가장 좋은 것은 모두 늘 드물고 특이한데, 수가 많으면 가치가 떨어지기 마련이다. 심지어 인간들 사이에서는 거인들이 곧잘 진짜 난쟁이들이 된다. 어떤 사람들은 책의 가치를 두께로 평가하는데, 이것은 마치 책이 머리가 아닌 팔 운동을 위해 쓰였다고 생각하는 것과 같다. 외적인 부분만으로는 결코 평범한 수준을 넘을 수가 없다. 이는 만능인의 불행이기도 한데, 이들은 모든 곳에 있고 싶지만, 결국 아무 데도 없기[31] 때문이다. 반면 내적인 부분은 탁월함으로 이어진다. 그리고 본질이 숭고하면 영웅적인 수준이 된다.

---

30. 외면은 넓이와 범위를, 내면은 강도와 깊이를 뜻한다.
31. "어디나 있다는 것은 아무 곳에도 있는 것이 아니다"(nusquam est, qui ubique est)라는 세네카의 말을 인용했다.

028

취향과 지식은 대중의 수준을 넘어서야 한다

어느 것도 대중적이면 안 된다. 취향은 대중적이면 안 된다. 오, 많은 사람이 자신의 작품을 좋아한다는 사실에 그리 기뻐하지 않는다니, 이 얼마나 위대한 현자인가! 지나치게 흔한 박수갈채는 현자들을 만족스럽게 하지 못한다. 하지만 어떤 사람들은 인기를 먹고 사는 카멜레온[32]과 같아서 아폴론[33]의 부드러운 미풍이 아닌, 대중의 입김을 즐긴다. 또한, 지식도 대중적이면 안 된다. 대중의 감탄에 기뻐하지 말라. 대중은 엄청난 무지에서 벗어나지 못하고, 훌륭한 조언을 무시하면서 평범하고 어리석은 말에만 감탄하기 때문이다.

---

32. 고대 전설에는 카멜레온이 공기만 먹고 산다는 말이 있다.
33. 아폴론은 예술의 신, 신중함과 지혜의 신이다.

029

올곧은 사람을 가까이 하라

올곧은 사람. 이런 사람은 늘 이성의 편에 있다. 그리고 대중의 분노나 폭군의 폭력이 이성의 선을 넘지 못하게 막겠다는 확고한 목표가 있다. 하지만 과연 누가 이런 공정의 불사조가 될 수 있을까? 올곧은 사람들은 언제나 극소수다. 많은 사람이 그것을 찬양하지만, 자기 안위를 생각하느라 그렇게 행동하지 못한다. 또 어떤 사람은 위험하지 않을 정도까지만 그렇게 행동한다. 그런 사람들은 위험한 일이 벌어지면 그렇게 하기를 거부하고, 정치인[34]들은 그것을 교묘하게 감춘다. 하지만 올곧은 사람은 우정과 권력 심지어 자신의 손해도 신경 쓰지 않는다. 그래서 이런 사람들은 남에게 거부당하는 곤경을 겪기도 한다. 영악한 사람들은 윗사람 뜻이라거나 국가적 이유에 어긋나지 않으려 한다는 그럴싸한 궤변을 늘어놓으며 피한다. 그러나 한결같이 올곧은 사람은 그런 속임수를 일종의 배신으로 판단한다. 그래서 그런 교활한 수를 쓰기보다 올곧음을 자랑스럽게 여기고 늘 진리 편에 선다. 만일 그들이 사람들을 떠나게 된다면, 그들이 변덕스러워서가 아니라, 다른 사람들이 먼저 진리를 저버렸기 때문이다.

---

34. 작가가 말하는 정치인은 목적을 이루기 위해 수단과 방법을 가리지 않는 사람들을 뜻할 때가 많다.

030

현명한 사람은 평판을 나쁘게 하는 일에 참여하지 않는다

평판이 나빠질 일에는 가담하지 말라. 명성보다 경멸을 부르는 황당무계한 일에는 더더욱 끼어들지 말라. 온갖 종잡을 수 없는 파벌들이 많은데, 지혜로운 사람이라면 그 모든 것을 피해야 한다. 그러나 현명한 사람이 거부하는 것마다 전부 주워 담는 이상한 취향을 가진 자들도 있다. 그들은 온갖 특이한 행동에 아주 만족하며 살아간다. 그래서 유명해지긴 하지만, 이것은 명성이 높아서가 아니라 조롱거리로 전락했기 때문이다. 그러므로 현명한 사람은 일할 때도 자신의 신중함을 드러내지 말아야 하며, 추종자들을 웃음거리로 만들 수 있는 일은 더더욱 하지 말아야 한다. 평판을 떨어뜨리는 일은 구체적으로 나열할 필요가 없을 것 같다. 그것은 모두가 경멸하는 일로, 이미 다 알려져 있기 때문이다.

031

의심스러울 때는 운이 따르는 사람 곁에 서라

행운이 따르는 사람은 만나고, 불운이 따르는 사람은 피하라. 보통 불행은 어리석음에 대한 벌인데, 이렇게 전염성이 강한 병도 없다. 따라서 가장 보잘것없는 악이라도 절대 문을 열어주어서는 안 된다. 늘 그 뒤를 따라 더 많은 악이 들어오고, 대부분은 매복하고 있기 때문이다. 카드놀이에서 최고의 기술은 가진 패를 버릴 줄 아는 것이다. 지금 가진 가장 낮은 패는 전에 가졌던 가장 높은 패보다 더 중요하다. 그리고 의심스러울 때는 현명하고 신중한 사람들을 따르는 게 가장 좋은 방법이다. 그들은 머지않아 최후의 승부에서 승리하기 때문이다.

032

당신에게 주어진 힘을 선한 일에 사용하는 법을 알라

호의를 베푸는 사람이라는 평판을 얻어라. 호의를 베푸는 사람이라는 평판은 통치자가 받을 수 있는 으뜸 평판이다. 이것은 군주가 대중의 호의를 얻는 데 필요한 훌륭한 자질이다. 통치하는 일에 유일한 장점이 있다면, 다른 사람들보다 좋은 일을 더 많이 할 수 있다는 것이다. 호의를 베푸는 사람들이 우정도 얻는다. 반대로 호의를 베풀지 않는 자들도 있는데, 귀찮아서라기보다는 악의가 있기 때문이다. 그들은 모든 면에서 신과의 사귐[35]을 반대한다.

---

35. 신은 우리와 교통하고, 우리에게 자신을 보이며, 우리에게 행복을 준다는 생각이 바탕에 있는 표현이다. 또한, 악을 퍼뜨리는 자들은 자기 이익을 위해 신과의 관계까지 단절한다는 의미도 포함한다.

033

남 일에 신경 쓰느라 자신을 잃어버려서는 안 된다

다른 사람에게서 자신을 분리할 줄 알라. 거절하는 법을 아는 것이 삶의 큰 교훈일진대, 그보다 더 중한 것은 일이나 사람과의 관계에서 자신을 분리해낼 줄 아는 것이다. 귀중한 시간을 좀먹는 이상한 일들이 있는데, 그런 골치 아픈 일을 하느라 분주해지면 아무 일도 하지 않는 것보다 더 해롭다. 지혜로운 사람은 남 일에 끼어들지 않는 거로 충분하지 않고, 남의 간섭도 받지 말아야 한다. 남 일에 너무 신경 쓰느라, 자기 자신을 잃어버려서는 안 된다. 또한, 친구를 악용해서는 안 되고, 그들이 주려고 하는 것보다 더 많은 것을 요구해서도 안 된다. 무엇이든지 과한 것은 악덕인데, 교제에서는 더욱 그렇다. 현명하게 절제하면 오랫동안 사람들의 호감과 존경을 얻을 수 있다. 그것이 가장 중요한 예의를 지켜주기 때문이다. 따라서 자기 기질에 따라 자유롭게 살며 선택한 것에 열중하되, 자신의 좋은 취향[36]을 거스르지는 말아야 한다.

---

36. 자기 본연의 취향을 뜻한다.

034

늦기 전에 탁월함의 출처를 알라

자신의 훌륭한 자질을 알라. 탁월한 자질은 키우고 나머지 자질들은 보완해나가야 한다. 누구든지 자신의 탁월한 재능을 알았다면, 어떤 일에서든 그 탁월함을 드러냈을 것이다. 그러므로 그런 탁월한 자질을 발견하고, 열심히 갈고 닦아야 한다. 어떤 사람은 판단력이 남다르고, 또 어떤 사람은 용기가 뛰어나다. 대부분 자신의 미네르바[37]를 제대로 알지 못하기에 어떤 일에서도 두각을 드러내지 못한다. 그리고 처음부터 정념에 사로잡혀 너무 빨리 시작한 일은 시간이 지나면 잘못되었음이 드러난다.[38]

37. 여기에서 미네르바는 개인적인 재능이나 능력을 의미한다.
38. 정념은 우리의 진정한 능력을 파악하지 못하게 만들기 때문이다.

035

사소한 일은 사소하게, 중요한 일은 신중하게 생각하라

신중하게 생각하라. 중요한 일일수록 더 신중하게 생각해야 한다. 모든 어리석은 사람은 생각하지 않으므로 신세를 망치는 법이다. 그들은 결코 일의 절반도 깨닫지 못한다. 그리고 이익과 손해도 파악하지 못해 노력조차 하지 않는다. 또, 어떤 사람은 늘 반대로 생각하는데, 사소한 일은 중요하게 생각하고, 중요한 일은 신경 쓰지 않는다. 그리고 대부분은 아예 생각이 없어 잃어버릴 것도 없다. 하지만 누구에게나 온 힘을 다해 지켜보고 깊이 생각해야 할 일이 있기 마련이다. 현명한 사람은 모든 일을 신중하게 생각한다. 물론 더 깊이 있고 주의할 일은 특별히 더 파고든다. 자기 생각보다 더 많은 의미가 있다고 생각하기 때문이다. 그래서 신중한 생각은 우려[39]가 도달하지 못하는 곳까지 이른다.

---

39. 상황에 대해 분석하지 않은 생각을 의미한다.

036

행운이 보이면
과감하게 앞으로 나아가라

자신의 행운을 가늠해보라. 이는 행동하거나 노력해야 할 때 기질을 아는 것보다 더 중요하다. 마흔 살이 다 되어 건강을 위해 히포크라테스를 찾는 것이 어리석은 일이라면, 지혜를 위해 세네카를 찾는 건 더 바보 같은 짓이다. 때로는 행운을 기다리고, 때로는 그것을 얻음으로써 자기 행운을 다스릴 줄 아는 것은 훌륭한 기술이다. 행운 속에는 기다림이 들어 있고, 행운이 지나치게 마음대로 움직여 일관된 움직임을 감지할 수 없더라도 때와 기회는 오기 때문이다. 행운이 다가오는 게 보이면, 과감하게 앞으로 나아가라. 종종 행운의 여신은 대담한 여성이나 젊은이처럼 용감한 사람을 좋아하기 때문이다.[40] 하지만 운이 나쁘다면 그 불행이 두 배가 되지 않도록 우선 행동을 멈추고 뒤로 물러서야 한다. 행운을 다스릴 수 있는 사람은 계속 전진해야 한다.

---

40. "행운은 용감한 자에게 손을 내민다"라는 스페인 속담이 있다.

037

말 한마디에 무너지지 않도록 조심하라

암시를 잘 파악하고 사용하라. 이것은 인간관계에서 가장 미묘한 부분이다. 암시를 이용해 기분을 떠보거나, 은밀하게 마음을 꿰뚫어볼 수 있기 때문이다. 이것과는 다른 암시도 있는데, 그것은 악의적이고 아무렇게나 던져진다. 그리고 시기심이라는 독초와 맞닿아 있고, 정념[41]의 독으로 더럽혀져 있다. 이것은 보이지 않는 번개[42]와 같아 은혜와 존경을 무너뜨린다. 대중의 빈정거림이나 특정 악의가 담긴 음모들 앞에서 조금도 흔들리지 않던 사람들도, 높고 낮은[43] 지위를 막론하고 이런 말 한마디에 상처를 입고 무너졌다. 이와 반대인 암시는 호의적이고 명성을 얻는 데 도움이 된다. 하지만 암시를 던지는 신중한 기술만큼 그것을 받는 것도 조심해야 하고, 신중하게 기다려야 한다. 그것을 알아야 방어를 잘할 수 있고, 그런 발사[44]가 예상될 때마다 막을 수 있기 때문이다.

---

41. '무질서한 감정'을 의미하는데 여기서 정념은 증오에서 비롯된 것이다.
42. 모순적인 표현이지만, 여기서는 강렬함과 혼란의 특징을 강조하려고 '번개'라는 단어를 썼다.
43. 높고 낮은 두 계층을 구분했다기보다는 군주와 신하의 종속 관계를 높고 낮음으로 표현했다.
44. 나쁜 의도를 던지는 것을 암시한다.

038

행운의 여신을 너무 오래 시험하지 말라

이기고 있을 때 행운을 버릴 줄 알라. 이것은 유명한 도박꾼들의 방법이다. 멋진 후퇴는 용감한 전진만큼 중요하다. 공적이 충분하거나 많을 때는 그것을 잘 보관해둬야 한다. 계속 이어지는 행운은 늘 뭔가가 의심스럽다. 오히려 끊겼다가 다시 이어지는 행운이 더 안전하다. 맛을 즐기려면 어느 정도 달곰씁쓸해야 한다. 행운은 많이 쌓일수록 미끄러지고 모든 것을 망칠 위험도 커진다. 때때로 행운은 지속 기간이 짧지만, 짧은 만큼 강렬하다. 행운의 여신은 누군가를 너무 오랫동안 등에 업으면 싫증을 내기 때문이다.

039

인생의 모든 순간을 즐기는 법을 알아야 한다

일이 정점에 이르는 때를 알고 나서 그것을 즐기라. 자연의 일들은 모두 완성의 정점에 도달한다. 조금씩 완성되어 나가다가 정점에 이르고, 그 후부터는 다시 사그라진다. 하지만 더는 고칠 게 없는 완벽함에 이른 예술 작품은 드문 법이다. 모든 걸 완벽한 수준으로 누린다는 것은 좋은 취향[45]이 지닌 가장 좋은 점이긴 하지만, 모두가 이렇게 할 수도 없고 누린다고 다 이해하는 것도 아니다. 이해력의 열매도 무르익는 때가 있다. 따라서 그 열매를 평가하고 이용하려면 시기를 아는 게 중요하다.

---

45. 저자가 말하는 '좋은 취향'이란 삶의 전반적인 부분에서 선악을 분별하는 능력과 밀접한 관련이 있고, 좋은 것을 찾게 해주는 역량을 말한다. 즉, 사람의 핵심을 이루는 요소로 지혜와 신중함, 완벽한 방법을 의미하기도 한다. 이 책에서는 '취향'으로 번역하되, 문맥에 따라 '안목'으로 바꾸기도 했다.

ORACULO MANUAL Y ARTE DE PRUDENCIA

2부

면도날처럼 날카롭게 현실을 인식하라

현실

040

호의를 얻으려면 먼저 호의를 베풀어야 한다

사람들의 호감에 관하여. 만인의 찬사를 받는 것도 대단한 일이지만, 호감을 얻는 건 더욱 대단하다. 이것은 어느 정도 행운이 따라야 하지만, 노력이 더 중요하다. 즉, 호감은 행운으로 시작해서 노력으로 이어진다. 보통은 명성을 얻으면 호감을 얻기 쉽다고 생각하지만, 완벽한 자질만 있다고 호감을 얻는 건 아니다. 호의를 얻으려면 먼저 호의를 베풀어야 한다. 즉, 선한 행동과 말을 하고, 더 좋은 행동을 해야 한다. 그리고 사랑받기 위해서는 먼저 사랑해야 한다. 예의는 위대한 사람들이 다른 사람들을 현혹하는 가장 중요한 방법이다. 따라서 먼저 공적을 쌓고 나서 작가들에게 펜을 쥐여줘야 한다. 즉, 칼에서 글로 이어져야 한다. 작가들을 통해 얻는 호감은 영원하기 때문이다.

O41

과대평가는
지식과 안목의 부족함을 드러낸다

절대 과장하지 말라. 말할 때는 최상급을 사용하지 않도록 특히 주의해야 한다. 그래야 진실을 왜곡하지 않고, 판단력도 흐려지지 않는다. 칭찬을 남발하는 것은 일종의 과장인데, 이것은 칭찬하는 사람의 지식과 안목의 부족함을 드러낼 뿐이다. 칭찬은 강한 호기심을 불러일으키고 욕구를 자극하긴 하지만 늘 그렇듯 나중에 제값을 하지 못하면, 그 기대는 실망으로 변하고 칭찬하는 사람과 받는 사람 모두 경멸을 당한다. 따라서 지혜로운 사람은 아주 침착하게 행동한다. 그리고 과대평가보다는 과소평가하는 실수를 선택한다. 탁월한 것들은 흔하지 않으므로 되도록 평가를 자제해야 한다. 과장은 일종의 거짓말이다. 과장하면 좋은 안목을 지녔다는 명성을 잃을 뿐 아니라, 더 중요하게는 분별력의 명성도 잃게 된다.

042

몸짓 하나로도 영향력을 행사할 수 있다

타고난 통치력에 관해. 이것은 탁월성이라는 숨겨진 힘인데, 불쾌한 수법이 아니라 타고난 통치력에서 나와야 한다. 그럴 때 모든 사람은 이유도 모른 채 타고난 권위의 은밀한 힘을 깨닫고 거기에 복종한다. 고귀한 귀재들과 공적을 이룬 왕들, 특권을 타고난 대담한 사람들이 이런 힘을 가졌다고 할 수 있다. 그들은 존경을 받고 마음과 생각까지 사로잡는다. 그들이 거기에 또 다른 탁월한 자질까지 지녔다면 최고의 정치적 영향력을 타고난 셈이다. 그들은 장황한 연설을 통해 영향을 주는 사람들과는 달리 몸짓 하나로 그 힘을 나타내기 때문이다.

043

침묵을 통해 말의 힘을 축적하라

소수와 함께 생각하고, 다수와 함께 말하라. 흐름에 역행하게 되면 잘못을 깨달을 수 없고, 위험에 빠지기도 쉽다. 소크라테스[46] 정도가 되어야 이런 상황을 다룰 수 있다. 다른 사람의 의견에 반대할 때 사람들은 비난으로 받아들이는데, 자신에게 모욕을 준다고 여기기 때문이다. 불쾌함도 배가 되는데, 비난받은 사람뿐만 아니라 그 사람을 칭찬했던 사람도 불쾌해지기 때문이다. 진리는 소수의 것이지만, 속임은 통속적일 만큼 흔하다. 광장에서 하는 말을 듣고는 현명한 사람인지 알 수가 없다. 거기에서는 아무리 마음속으로 거부하려고 해도 자기 목소리가 아닌 통상 어리석은 목소리를 내기 때문이다. 지혜로운 사람은 반박하지 않고, 반박을 당하지도 않는다. 물론 곧바로 비난할 수도 있지만, 그것을 자제한다. 생각은 자유인데, 그것을 폭력적으로 침해하거나 침해당해서는 안 된다. 따라서 현명한 사람은 침묵이라는 안전한 곳으로 피한다. 그리고 가끔 나서는 게 허락되면, 소수의 지혜로운 사람들의 보호 속에서 말한다.

---

46. 소크라테스는 당시 주류 지식인 집단의 미움을 받고 비난당했으며, 젊은이를 타락시키고 신을 거부했다는 이유로 법정까지 선다. 그리고 결국 형량 결정 투표에서 압도적인 표를 얻어 사형을 받는다. 당시 이 책의 저자도 시대의 흐름을 거스르는 데 실패했다. 교단의 허락 없이 책을 출간했다가 공개적인 질책을 받고, 시골 마을로 보내져 1년 동안 빵과 물만 먹는 징계를 받기도 했다.

044

영웅은 영웅을 알아본다

위대한 사람들과 교감하라. 영웅의 탁월한 자질은 영웅들과 잘 어울리는 데 있다. 이런 교감은 신비롭고 유익한 자연의 경이로움이기도 하다. 위대한 사람들과 교감하다 보면 비슷한 마음과 기질을 갖게 되는데, 무지한 대중은 그것을 묘약의 효과로 치부한다. 그들과 교감하면 명성뿐 아니라 호의와 애정도 얻는다. 그러면 말 없이도 설득할 수 있고, 노력하지 않아도 뭔가를 얻을 수 있다. 교감에는 능동적 교감과 수동적 교감이 있다.[47] 둘 다 행복을 주는데, 교감이 잘 이루어질수록 행복도 크다. 따라서 그것을 알고 구별하며, 얻는 방법을 안다는 것은 훌륭한 기술이다. 이런 은밀한 도움 없이는 어떤 노력을 해도 부족하기 때문이다.

---

47. 이 부분에 대한 분명한 해석은 없지만, 로메라-나바로의 의견은 다음과 같다. 첫째, 적극적 교감은 다른 사람들과 늘 교감하는 것이고, 수동적 교감은 선천적인 능력은 있지만 의도대로 교감하지 못하는 것이다. 둘째, 적극적 교감은 뛰어난 행동이 동반되는 교감이고, 수동적 교감은 본능적으로 나타나는 교감을 말한다.

045

간계를 쓸 때는 절대 들키지 말라

간계를 쓰되, 남용하지 말라. 간계를 쓰는 티를 내지 말고, 그것을 상대방에게 암시해서도 안 된다. 모든 간계는 의심스러우므로 숨겨야 한다. 특별히 조심해야 하는 간계는 더욱 그래야 하는데, 미움받을 수도 있기 때문이다. 속임수는 주변에 너무 흔하고, 게다가 잘 드러나지 않으므로 배로 경계해야 한다. 이것은 불신을 일으키고, 엄청난 화를 부르며, 복수를 유발하고, 상상치도 못한 악을 일깨운다. 따라서 행동할 때 심사숙고하면 일할 때 큰 장점으로 작용한다. 이것만큼 확실하게 사고력을 보여주는 증거는 없다. 활동의 높은 완성도는 뛰어난 실행력에 달려 있다.

046

저속한 반감은
인생의 성장을 방해한다

반감을 갖지 말라. 우리는 종종 사람들의 탁월한 자질을 제대로 알기도 전에 먼저 반감부터 갖는다. 그리고 이런 타고난 저속한 반감은 저명한 사람들을 대할 때도 나타난다. 따라서 이런 태도를 지혜롭게 고쳐야 한다. 뛰어난 사람들에게 반감을 품는 것만큼 자신의 가치를 떨어뜨리는 일은 없다. 영웅들에게 호감을 품으면 이익이 되고, 반감을 품으면 명예가 실추된다.

047

불행을 잘 극복하는 것보다 아예 처음부터 피하는 게 더 낫다

어렵고 위험한 일은 피하라. 이것은 지혜의 가장 중요한 핵심 중 하나다. 뛰어난 능력을 갖춘 사람에게는 늘 양극단 사이가 멀다. 즉, 한쪽 끝에서 다른 쪽 끝으로 가는 길이 먼데, 그 가운데는 늘 신중함이 있다. 따라서 그들은 행동 결정을 내리는 데 시간이 걸린다. 어렵고 위험한 상황을 잘 극복하는 것보다 처음부터 아예 피하는 게 더 쉽기 때문이다. 이렇게 위험한 상황은 우리 판단력을 시험하는데, 이를 해결하는 것보다 피하는 게 더 안전하다. 위험 하나는 더 크고 어려운 위험으로 이어지며, 추락으로 연결될 수도 있다. 어떤 사람들은 기질이나 국민성 때문에 무모하게 그런 위험한 일에 끼어든다. 그러나 이성의 불빛 아래 걷는 사람은 항상 문제 앞에서 매우 신중하다. 그런 사람은 위험을 극복하는 것보다, 처음부터 관여하지 않는 것이 더 용기 있는 행동임을 알고 있다. 그리고 이미 그런 일에 관여한 어리석은 사람이 있더라도 어리석은 자가 둘이 되지 않도록 그 일을 피한다.

048

내면이 깊지 않으면 겉만 화려한 자들에게 자주 속는다

내면이 깊을수록 온전한 사람이 된다. 모든 면에서 내면은 늘 외면보다 훨씬 더 중요하게 다뤄야 한다. 수단[48]이 부족해 미완성된 집처럼 외관만 세워진 것 같은 사람들이 있다. 입구는 저택 같지만, 그 안에는 오두막 크기의 방만 있을 뿐이다. 조용히 있을 만한 곳이 없거나, 아니면 온통 조용한 곳뿐이다. 첫인사를 마치고 나면 그것으로 대화가 끝나기 때문이다. 처음에 그들은 시칠리아 말〔馬〕[49]처럼 다가오지만, 이후에는 오랜 침묵을 지킨다. 생각이 샘솟지 않으면 할 말이 떨어지기 때문이다. 이런 자들은 겉만 보는 사람들을 쉽게 속인다. 하지만 예리한 사람을 속이지는 못한다. 예리한 이들은 그들의 텅 빈 내면을 들여다볼 줄 아는데, 그것이 웃음거리가 된다.

---

48. 여기에는 중의적 의미가 있는데, 재물이나 지적 및 도덕적 능력을 뜻하기도 한다.
49. 시칠리아 말은 민첩함으로 유명한데, 여기에서는 말이 화려한 장식과 갑옷을 입고 있다는 뜻이다.

049

한눈에 상대를 이해하고 본질을 파악하는 힘

통찰력과 판단력이 있는 사람. 이런 사람은 대상에 지배되지 않고, 오히려 그 대상을 지배한다. 그리고 단번에 가장 깊은 곳을 측정한다. 더불어 그 용량까지 완벽하게 분석할 줄 안다. 사람을 보면 상대를 이해하고 본질을 파악한다. 슬쩍 보기만 해도 가장 깊이 숨겨진 내면을 알아내는 위대한 해석자다. 또한, 자세히 관찰하고 예리하게 생각하며 사려 깊게 추론한다. 즉, 모든 것을 발견하고 깨닫고 파악하고 이해한다.

050

현자는 자신에게 가장 엄격하다

절대 자존심을 잃지 말라. 또, 너무 자기 자신에게만 익숙해서도 안 된다. 자신의 올바름을 정직의 기준으로 삼아야 한다. 그리고 모든 외적인 규칙보다 더 엄격하게 자신을 판단해야 한다. 부끄러운 일을 하지 말아야 하는 이유가 다른 사람의 엄격한 권위가 아닌, 자기 분별력에 따른 두려움 때문이어야 한다. 자기 자신을 두려워하면 세네카가 말한 상상 속 가정교사[50]도 필요하지 않다.

50. 자기 양심을 뜻한다.

051

무엇을 선택하는지가 당신의 인생을 결정한다

좋은 선택을 하는 사람. 삶의 대부분은 선택에 달려 있다. 누군가가 좋은 선택을 하는 것을 보면 그들의 좋은 취향과 올바른 판단력을 짐작할 수 있다. 좋은 선택이 없는 곳에는 완벽함도 없다. 이는 학습이나 재능만으로는 부족하다. 이를 위해 두 가지 자질이 필요한데, 일반적인 선택 능력과 함께 그중에서 최고의 것을 선택하는 능력이다. 풍부하고 명민한 재능과 엄격하고 학구적이며 신중한 판단력을 가졌지만, 선택을 잘못해 실패하는 경우도 많다. 마치 잘못된 결정을 내리기로 작정한 사람처럼 항상 최악을 선택하는 것이다. 따라서 선택을 잘하는 것은 하늘이 내린 가장 큰 재능 중 하나다.

052

지혜는 평정심에서 나온다

절대 평정심을 잃지 마라. 동요되지 않는 것이 지혜의 핵심이다. 많은 사람은 이것을 통해 자기 안에 있는 왕의 마음을 드러낸다. 모든 관대한 사람은 마음이 동요되지 않는다. 정념은 마음의 기질이라서 조금이라도 과하면 지혜를 병들게 한다. 그리고 만일 악의가 입 밖으로 나오면, 명성이 위험해진다. 그러므로 자기 자신을 완전히 다스리는 위대한 사람이 되어야 한다. 그러면 가장 좋을 때나 가장 나쁠 때를 맞이하더라도 그 무엇에도 흔들리지 않게 되고, 다른 사람들의 감탄을 불러일으킨다.

053

근면함은 경솔함과 신중함 사이에 있다

근면과 지성. 근면은 지성에 머물러 있는 일을 신속하게 실행하게 하는 힘이다. 어리석은 사람은 서두르기를 잘하는데, 장애물을 발견하지 못해 경솔하게 행동한다. 반면 현명한 사람은 종종 지나치게 조심하다가 실수를 저지른다. 너무 조심하다 보면 일을 진행할 수 없기 때문이다. 때로는 올바른 판단을 내리더라도 일을 내버려두어 결과가 어그러지기도 한다. 따라서 부지런함은 행운의 어머니이다. 일을 내일로 미루지 않는 사람은 많은 일을 이룬 것이나 마찬가지다. 아우구스투스 황제의 좌우명은 "천천히 서두르라"였다.

054

용기는 칼과 같아서 신중함이라는 칼집 속에 있어야 한다

대담하지만 신중하게 행동하라. 토끼도 죽은 사자의 갈기는 잡아뽑을 수 있다. 그 용기를 조롱할 수는 없다. 처음에 길을 내주면, 두 번째도 그렇고, 마지막까지 그렇게 된다. 나중에도 같은 수준의 어려움을 극복해야 한다면, 좀 더 일찍 용기를 발휘하는 편이 낫다. 정신적 용기는 육체적 용기를 능가한다. 그것은 칼과 같아서 항상 신중함이라는 칼집 속에 넣어야 한다. 또한, 용기는 온전한 사람을 보호한다. 정신적 허약함은 육체적 허약함보다 해롭다. 많은 사람에게 뛰어난 능력이 있었지만 이런 정신적인 힘이 부족해, 죽은 것처럼 보이다가 결국은 나태함 속에 묻히고 말았다. 신의 섭리로 자연은 벌에게 꿀의 달콤함과 침의 매서움을 함께 주었다. 몸에도 힘줄과 뼈가 있는 것처럼, 정신도 부드럽기만 해서는 안 된다.

055

확실한 기회를 얻으려면 시간의 검증을 극복해야 한다

기다릴 줄 아는 사람. 이런 사람은 엄청난 인내심과 위대한 마음이 있다는 증표다. 절대로 서두르지 않고 감정에 휘둘리지도 않는다. 먼저 자기 자신을 다스리면, 나중에는 다른 사람들도 다스리게 될 것이다. 기회의 중심에 도달하려면 시간을 하나하나 통과해야 한다. 지혜로운 기다림은 성공을 무르익게 하고, 비밀들[51]을 성숙하게 한다. 시간의 목발은 헤라클레스의 철 몽둥이[52]보다도 많은 일을 한다. 신은 몽둥이가 아니라 시간으로 인간을 길들인다. "시간과 나는 두 가지를 얻는다"[53]라는 위대한 격언도 있다. 즉, 행운은 기다리는 자에게 큰 보상을 안겨준다.

---

51. 고요한 생각을 뜻한다.
52. 헤라클레스가 사용하는 몽둥이는 나무에 강철 스파이크가 박혀 있었다.
53. 펠리페 2세(Felipe II, 별명은 '신중왕'이었다)가 자주 하던 말이다. 원어에서는 전치사 'a'를 쓴 부분에 따라 해석이 달라진다. 따라서 이 구절은 크게 두 가지 방향으로 해석할 수 있다. 첫째, "시간과 나(생명이 있으면)는 두 가지를 얻는다"(=많은 일을 할 수 있다). 둘째, "시간을 가지면 적 둘과 맞설 수 있다."

056

미리 생각하지 않고도 일을 제대로 해내는 힘

기민함을 갖추라. 이것은 적절한 신속성에서 나온다. 이런 사람은 활기차고 명석해서 어떤 위험이나 뜻밖의 사고를 당하지 않는다. 어떤 사람들은 너무 생각을 많이 하다가 결국 일을 그르친다. 또 어떤 사람들은 미리 생각하지 않고도 모든 걸 잘 해낸다. 또, 어려운 상황에서 오히려 더 잘 해내는 성질 상반[54] 능력을 갖춘 사람들도 있다. 그들은 즉흥적으로 하는 일은 잘하지만, 숙고해야 하는 일에서는 실수하는 괴물들이다. 그들에게는 모든 일이 즉흥적으로만 일어나므로, 후에 다시 생각할 필요도 없다. 따라서 기민한 사람들은 박수를 받는다. 명민한 판단력과 지혜로운 행동으로 뛰어난 능력을 보여주기 때문이다.

---

54. antiperistasis: 안티페리스타시스 법칙. 추위가 열기를 높이고, 건조함이 습함을 높이는 것처럼, 어떤 성질의 강도는 상반되는 성질에 둘러싸일 때 더욱 높아진다.

057

가치가 클수록
큰 대가를 요구한다

숙고하는 사람들은 더 안전하다. 물론 결과가 좋다면, 서둘러도 괜찮다. 하지만 빨리 만들어지면 빨리 망가진다. 그래서 영원히 지속하려면 그만큼 오래 걸릴 수밖에 없다. 오직 완벽함만이 주목을 받고, 성공만이 지속된다. 깊은 이해력은 영원하다. 가치가 클수록 큰 대가가 따른다. 따라서 가장 귀중한 금속일수록 만드는 데 오래 걸리고, 더 무겁다.

058

자기 능력의 한계를 드러내지 말라

주변 수준에 맞출 줄 알라. 모두에게 지식을 똑같이 드러내지 말고, 필요 이상으로 애쓰지도 말라. 지식이든 가치든 결코 낭비해서는 안 된다. 노련한 매사냥꾼은 매를 포획할 때 필요 이상으로 사냥감을 던져주지 않는다. 또한, 늘 과시해서도 안 된다. 그러면 다른 날에는 보여줄 것이 없다. 언제나 보여줄 수 있는 새로운 것을 지니고 있어야 한다. 매일 조금씩 더 보여주는 사람은 늘 남들의 기대에 부응하게 되고, 절대 자기 능력의 한계를 드러내지 않는다.

059

초심자의 행운을 바라기보다 결승선에서 웃는 사람이 되라

마무리를 잘하는 사람. 행운의 집에서는 기쁨의 문으로 들어가면, 슬픔의 문으로 나온다. 그리고 그 반대도 마찬가지다. 따라서 끝날 때 더 조심해야 한다. 즉, 입구에서 받는 박수보다 출구에서 얻는 기쁨에 더 신경 써야 한다. 경멸받는 사람들의 공통점이 있는데, 시작할 때는 엄청난 행운이 따르지만 끝날 때는 아주 비극적으로 끝난다. 따라서 중요한 건 들어올 때 모두가 받는 뻔한 박수가 아니라, 나갈 때 주변 사람들이 갖게 되는 감정이다. 남들이 간절히 원하는 존재가 되는 사람은 적기 때문이다. 나갈 때 행운이 따르는 사람은 아주 드물다. 행운의 여신은 오는 사람에게는 공손해도, 가는 사람에게는 무례하기 때문이다.

060

경험과 이성으로 변덕을 피하라

적절한 판단력. 어떤 사람들은 지혜로움을 타고 난다. 그들은 사려분별을 할 때 선천적인 양식(良識)[55]을 지녔으므로 이미 절반은 성공한 셈이다. 그리고 나이가 들고 경험이 늘면서 이성이 완전히 성숙해지면, 아주 적절한 판단을 내리게 된다. 그들은 모든 변덕을 싫어하는데, 변덕이 지혜를 유혹하는 것처럼 보이기 때문이다. 특히, 그들은 총체적이고 올바른 판단이 가장 중요한 국가적 문제에 있어서는 더욱더 변덕을 피한다. 그래서 그들은 국가를 통치하거나 자문하거나 국가 수장의 자리에 앉을 자격이 있다.

55. 각주 27 참조.

061

최선을 다하지 말아야 할 때도 있다

최고 일에서의 탁월함. 이것은 많은 완벽함 중에서도 유일무이한 탁월함이다. 최고로 탁월한 능력을 갖추지 않으면 영웅이 될 수 없다. 평범한 사람들은 절대 박수를 받지 못한다. 게다가 높은 일에서 탁월하면 일반 대중과 구별되고, 남다른 수준으로 올라간다. 하지만 낮은 일에서 탁월하면 하찮은 일에서 존재감을 드러낼 뿐이다. 그리고 거기에서 편안함을 느끼면 느낄수록 얻는 영광은 덜하다. 최고의 일에서 탁월함을 드러내는 것은 군주의 성품과 같다. 그럴 때 사람들의 감탄을 자아내고 호의를 얻는다.

062

협력자들을 잘 선택하라

좋은 도구[56]를 사용하라. 어떤 사람들은 가진 도구가 비루하지만, 거기서 자신의 명민함을 최대로 드러내려고 한다. 하지만 이런 만족감에는 위험하고 치명적인 벌이 뒤따른다. 탁월한 대신은 절대 군주의 영광을 가리지 않는다. 그리고 성공의 모든 영광은 군주에게 돌아간다. 물론 실패할 때 받는 비난도 마찬가지다. 명성의 여신은 늘 맨 윗사람과 동행한다. 그리고 절대로 "그 군주가 거느린 대신들은 좋았다(혹은 나빴다)"라고 하지 않고, "그 군주는 좋은(혹은 나쁜) 장인(匠人)이었다"라고 말한다. 따라서 대신들을 신중하게 검증하고 선택해야 한다. 거기에 불멸의 명성이 달렸기 때문이다.

56. 여기서 도구를 '협력자' 또는 '장관과 같은 정부 각료'로 보는 등 학자들 사이에는 다양한 의견이 있다.

063

조건이 같다면 먼저 하는 게 유리하다

첫 번째로 하는 것의 우수성. 가장 먼저 하면서 탁월하기까지 하면, 그 우수성은 두 배가 된다. 조건이 같다면 먼저 하는 게 유리하다. 일할 때 앞서 한 사람들이 없었다면, 많은 사람이 불사조[57]가 되었을 것이다. 가장 먼저 시작한 사람은 명성의 상속자[58]가 된다. 하지만 그 뒤에 하는 사람들은 일용할 양식을 두고 싸워야 한다. 즉, 아무리 애를 써도 모방품일 뿐이라는 오명을 지울 수가 없다. 예리한 통찰력이 탁월함을 위한 새로운 길을 만들었다면, 지혜는 그런 노력이 사라지지 않게 보장한다. 현명한 사람은 참신함 때문에 영웅 명단에 오른다. 따라서 어떤 사람들은 가장 중요한 일을 두 번째로 하기보다는 덜 중요한 일을 첫 번째로 하길 원한다.

---

57. 불사조의 독특함과 유일함을 강조한다.
58. 전통적인 상속법에 따르면 장자는 모든 재화와 소유권을 상속받고, 그 외 나머지는 생계에 대한 것을 요구할 권리만 갖는다.

064

잠깐의 기쁨을 위해 평생의 고통을 떠안지 말라

불쾌함[59]을 피하라. 이것은 곤경을 피할 수 있는 유용한 지혜다. 이런 지혜가 있으면 많은 문제를 피할 수 있다. 즉, 이것은 행운의 여신 루시나[60]로, 기쁨을 준다. 도움을 줄 수 없다면, 나쁜 소식은 전하지도 받지도 말라. 어떤 사람은 달콤한 아부에만 귀를 기울이고, 어떤 사람은 씁쓸한 험담을 듣는 일만 즐긴다. 마치 독 없이는 살지 못하는 미트리다테스왕[61]처럼, 매일 불쾌함이 없으면 살지 못하는 사람들도 있다. 아무리 가까운 사이라도 그들을 잠깐 기쁘게 해주려고 평생 고통을 떠안는 것은 자신을 지키는 길이 아니다. 또한, 조언만 해주고 떠날 사람을 기쁘게 하려고 자기 행복을 망치는 실수를 범해서도 안 된다. 따라서 다른 사람을 기쁘게 하는 일이 자신에게 고통을 준다면 이 교훈을 기억하라. 나중에 대책 없는 상태가 되느니 지금 다른 사람을 언짢게 하는 편이 낫다.

---

59. 학자들에 따라 '근심', '괴로움', '문제'로 해석하기도 한다.
60. 로마 신화에서 분만의 여신이다.
61. 미트리다테스(Mithridates VI): 고대 그리스인 폰토스 왕국을 다스린 왕으로 적들에게 독살당할 것을 두려워해 통치 기간 매일 소량의 독을 섭취함으로써 독에 대한 면역을 기르려 했다. 하지만 이후 아들의 반란으로 음독자살을 시도하지만, 평소에 섭취한 많은 독 때문에 성공하지 못했다.

065

안목의 크기가 곧 능력의 크기다

고상한 안목. 재능처럼 안목도 키울 수 있다. 이해력이 높아지면, 욕구도 커지고 성취의 기쁨도 커진다. 능력[62]의 크기는 고상한 안목을 보면 알 수 있다. 위대한 것만이 위대한 능력을 만족시킬 수 있다. 입이 크면 한 입 거리도 큰 것처럼, 고상한 기질을 가지면 고상한 일을 하게 된다. 고상한 안목을 가진 사람들 앞에서는 가장 용감한 사람도 두려움을 느끼고, 가장 완벽한 사람도 자신감을 잃는다. 1등성 별[63]은 많지 않기 때문에 함부로 감탄하지 말아야 한다. 고상한 안목은 다른 사람과의 교제를 통해 생기고, 꾸준한 연습을 통해 자기 것으로 만들 수 있다. 따라서 고상한 안목을 가진 사람들과 교제하는 것은 큰 행운이다. 반면, 모든 일에서 불만족을 토로해서는 안 된다. 그것은 매우 어리석은 일 중 하나다. 진짜 불만이라서가 아니라, 단지 그러는 척하는 것이라면 더 혐오스럽다. 어떤 사람들은 신이 지금과 다른 세계, 다른 완벽한 세상을 창조해서 그들의 말도 안 되는 상상력을 만족시켜주길 바란다.

---

62. 여기에 쓰인 '능력'이라는 단어는 원래 '풍부함'을 뜻하며, 지적 · 도덕적 은사가 풍부하다는 의미를 포함한다.
63. 가장 완벽한 사람들을 뜻한다.

066

수단은 결과에 이바지할 때만 빛난다

좋은 결과를 얻도록 주의하라. 어떤 사람들은 목표를 이루는 기쁨보다 올바른 과정을 훨씬 더 중요하게 여긴다. 그러나 사람들은 항상 노력을 인정하기보다는 실패의 치욕을 더 강조한다. 승자는 어떤 변명도 할 필요가 없다. 사람들은 상황을 정확히 보지 못하고,[64] 그저 결과가 좋은지 나쁜지에만 관심을 둔다. 따라서 목적을 이루면 절대 명성을 잃지 않는다. 비록 수단이 옳지 못해도 결과만 좋으면 모든 것이 황금빛이 된다. 따라서 좋은 결과를 얻지 못한다면 규칙을 어기는 것이 또 다른 기술이 될 수 있다.

---

64. 사건이나 절차의 세부 사항에 대해 관심과 노력을 기울이지 못함을 의미한다.

067

중요하나 눈에 띄지 않는 일보다 박수갈채를 받을 일을 하라

칭찬받을 만한 일을 선택하라. 대부분의 일은 다른 사람의 만족에 달려 있다. 꽃이 피어나기 위해 산들바람이 필요하듯, 훌륭한 사람이 되려면 존경을 얻어야 한다. 이는 호흡과 생명의 관계와 같다. 일 중에는 모두의 칭찬을 받는 일도 있고, 더 중요하지만 별로 눈에 띄지 않는 일도 있다. 전자의 일은 모두가 보기 때문에 일반적으로 호의를 입는다. 반면, 후자는 더 희귀하고 가치가 커도, 주의를 끌지 못하고 숨겨진 채로 있다. 즉, 존경을 받긴 해도 박수갈채는 받지 못한다. 군주 중에도 승리자가 박수갈채를 가장 많이 받는다. 따라서 아라곤의 왕들[65]은 전사와 정복자, 관대한 왕이라는 칭찬을 많이 받았다. 위대한 사람이라면 모두가 알 만하고, 모두와 나눌 만한 칭찬받을 일을 선택해야 한다. 그러면 대중의 인정을 받고 불후의 명성도 얻는다.

---

65. 차례대로 하이메 1세(Jaime I, 정복자), 알폰소 5세(Alfonso V, 관대왕), 페드로 3세(Pedro III, 대왕)를 말한다.

068

지성은 중요한 것을 빨리 깨닫게 하는 힘이다

이해하도록 도우라. 잊었던 기억을 일깨우는 것보다 이해하도록 돕는 게 훨씬 낫다. 어떨 때는 기억나게 도와야 하고, 또 어떨 때는 이해하도록 조언해야 한다. 어떤 사람들은 적절한 기회가 와도 제대로 일하지 못하는데, 그 일들을 이해하지 못하기 때문이다. 이럴 때 친절하게 조언해주면 그 일의 유익을 깨닫는 데 도움이 된다. 지성의 가장 큰 유익 중 하나는 중요한 것을 빨리 깨닫게 해주는 것이다. 일할 때 이것이 부족해 많은 성공을 거두지 못한다. 따라서 그런 빛을 가진 사람은 다른 사람에게 나누어주고, 그것이 필요한 사람은 있는 사람에게 도움을 구해야 한다. 단, 전자는 신중해야 하고, 후자는 정중해야 한다. 그리고 조언할 때는 동기만 부여하면 된다. 그것이 조언하는 사람의 이익과 관련이 있을 때는 이 기술이 꼭 필요하다. 즉, 처음에는 맛만 보여주고, 그러고도 부족하면 좀 더 조언해주어야 한다. 하지만 상대가 이미 그 일을 부정적으로 생각하고 있다면, 긍정적인 부분을 발견하도록 능숙한 솜씨를 발휘해야 한다. 단순히 시도하지 않아 얻지 못하는 경우도 많기 때문이다.

069

자기 기분에 잡혀 살면 판단력이 흐려진다

속된 기분에 사로잡히지 말라. 위대한 사람은 변덕스러운 느낌에 사로잡히지 않는다. 신중함의 지혜를 가진 사람은 자신을 성찰한다. 즉, 자신의 참된 성향을 알고 미리 준비하는 것이다. 또한, 자연적인 것과 인위적인 것 사이에서 한쪽으로 치우치지 않고 양식(良識)[66]의 균형을 찾는다. 이러한 자기 개선은 자기 인식에서 시작한다. 반면 무례한 괴물들도 있는데, 그들은 항상 어떤 기분에 매여 있고, 그것에 따라 감정도 변한다. 그리고 그런 저속한 불균형에 영원히 끌려다니고, 앞뒤 안 맞게 고집을 부린다. 따라서 이런 무절제는 욕구와 이해력을 어지럽혀 의지만 꺾는 게 아니라, 판단력도 흐리게 한다.

---

66. 각주 27 참조.

070

적절한 거절은
무분별한 수락보다 더 고귀하다

거절할 줄 알라. 모든 사람의 요구를 다 들어주어서는 안 된다. 거절할 줄 아는 것은 수락할 줄 아는 것만큼 중요하다. 이것은 특히 통치자들이 주의해야 할 점이다. 그리고 여기에는 방법이 중요하다. 어떤 사람의 거절은 다른 사람의 수락보다 더 좋은 평가를 받는다. 금박을 입힌 거절은 퉁명스러운 수락보다 더 만족스럽기 때문이다. 하지만 항상 입에 '아니요'를 달고 살아서 모두를 불쾌하게 하는 사람도 많다. 설령 나중에는 모든 것을 받아준다고 해도 처음에는 늘 '아니요'로 불쾌감을 주기 때문에 좋은 평가를 받지 못한다. 또한, 모든 일을 단번에 거절해서도 안 된다. 요청하는 사람이 서서히 실망을 느끼게 해야 한다. 또, 완전히 거절해서도 안 된다. 그러면 남들이 더는 의존하지 않게 된다. 거절의 쓰라림을 달래줄 일부 희망은 남겨두어야 한다. 부탁을 들어주지 못한 빈자리는 예의로 채우고, 해주지 못한 행동은 좋은 말로 대신해야 한다.[67] 따라서 '예'와 '아니요'는 짧지만 긴 생각이 필요한 말이다.

---

67. "제대로 양해를 구하면, 거절해도 크게 기분이 상하지 않는다"라는 스페인 속담과 관련 있다.

071

변덕을 부리는 사람 중에 지혜자는 드물다

대중없는 행동으로 일관성 없는 사람이 되지 말라. 타고난 기질 때문이든 가식 때문이든 그렇게 해서는 안 된다. 지혜로운 사람은 모든 일에 늘 일관성이 있고, 숙련됐다는 평판을 얻는다. 단, 타당한 이유와 이점이 있을 때는 행동을 바꾸기도 한다. 지혜와 관련하여 변덕은 불쾌한 존재다. 매일 달라지는 사람들이 있다. 심지어 이해력도 일관성도 없고, 의지는 더 변화무쌍하며, 그래서 운도 매일 달라진다. 어제는 '네'라고 하고 흰색을 택했는데, 오늘은 '아니요'라고 하고 검은색을 택한다. 그런 사람은 항상 자기 명성을 떨어뜨리는 행동을 하고, 남의 생각까지 혼란스럽게 한다.

072

높은 자리에 앉을 자격은 결단력 있는 자에게 주어진다

결단력 있는 사람. 결단력이 부족한 것은 잘못 실행하는 것보다 더 해롭다. 물질도 흐를 때보다 정체되어 있을 때 더 망가진다. 매사에 결정을 내리지 못해 다른 사람의 지시가 필요한 사람이 있다. 그런데 이들은 대개 판단력이 흐린 게 아니다. 판단은 분명하게 하지만, 결단력이 없기 때문이다. 보통 어려움을 구분하는 것도 능력이 있어야 하는데, 그 어려움에서 벗어나는 방법을 찾는 데는 훨씬 큰 능력이 필요하다. 반면에 어려움에 전혀 빠지지 않고, 훌륭하고 단호한 결단을 내리는 사람들도 있다. 그들은 높은 자리에 앉을 자격이 있다. 분명한 이해력 덕분에 쉽게 성공하고 일을 잘 처리할 수 있기 때문이다. 그들이 하는 일은 무엇이든 빨리 끝나므로 하나를 끝내고 다른 일을 처리할 시간이 생긴다. 그리고 운이 따른다는 확신이 들면 더 자신감 있게 일한다.

073

때로는 무조건 빠져나와야 할 때가 있다

위험을 모면할 줄 알라. 이는 지혜로운 사람들이 취하는 요령이다. 그들은 종종 재치가 있으면서도 예의 바른 말로 가장 복잡한 미로를 빠져나온다. 가장 복잡한 혼란 속에서도 미소를 지으며 가뿐히 빠져나온다. 가장 위대한 지휘관[68]도 이런 방법으로 유명해졌다. 또한, 거절해야 할 때 대화의 화제를 바꾸는 것도 정중한 계책이다. 또, 이럴 때 이해하지 못한 척하는 것만큼 지혜로운 방법도 없다.

---

68. 곤살로 페르난데스 데 코르도바(Don Gonzalo Fernández de Córdoba): 스페인의 장군으로 반세기 만에 스페인을 군사 강국으로 만든 전쟁 영웅이다.

074

지위가 높아질수록
더 많은 사람이 다가갈 수 있어야 한다

다가가기 어려운 사람이 되지 말라. 사람들이 많이 사는 곳에는 사나운 맹수들도 산다. 다가가기 어려운 사람이 되는 것은 자기 자신을 잘 몰라서 생기는 결점이다. 그리고 그런 성격 때문에 명예를 얻지 못한다. 다른 사람을 불쾌하게 만들면 명성을 얻지 못한다. 늘 무자비하고 맹렬해 다가가기 어려운 괴물 중 하나를 상상해보라. 불행하게도 그런 사람의 부하들은 마치 호랑이와 싸우러 가는 것처럼, 두려움과 조신함으로 무장한 채 그들과 이야기하러 들어간다. 다가가기 어려운 사람들은 높은 지위에 오르기까지 모두의 비위를 맞추었지만, 지위에 오른 지금은 모두를 불쾌하게 만듦으로써 앙갚음하려고 한다. 높은 지위에 있으면 많은 사람이 접근할 수 있어야 한다. 하지만 오히려 무뚝뚝하거나 거만해서 아무도 다가갈 수가 없다. 이런 사람들을 정중하게 처벌하는 방법이 있는데, 바로 혼자 내버려두는 것이다. 즉, 다른 사람과의 교제를 막아 지혜로운 사람이 될 기회를 주지 않는 것이다.

075

자기 분야의 으뜸을 꼽되
그들을 넘어서려고 하라

탁월한 본보기를 선택하라. 이것은 모방보다는 경쟁을 위해서다. 명성에 관한 한 살아 있는 교과서로 통하는 위대함의 본보기들이 있다. 각자 자기 분야에서 으뜸이 되는 사람들을 꼽되, 그들의 뒤를 따르기 위해서가 아니라, 그들보다 앞서기 위해 그렇게 하라. 알렉산더 대왕은 죽어서 묻힌 아킬레스가 아닌, 아직 그만큼 명성을 얻지 못한 자기 자신을 위해 울었다.[69] 타인의 성망(聲望: 명성과 덕망)으로 울리는 나팔처럼 마음에 야망을 불러일으키는 것은 없다. 이것은 질투를 없애고, 관대함을 키운다.

---

69. 로메라-나바로에 의하면, 이 이야기에는 고대의 두 일화가 섞여 있다. 알렉산더 대왕의 동상 앞에서, 그가 이미 전 세계를 정복했던 나이에 자신은 아무것도 한 게 없다며 울었던 인물은 율리우스 카이사르였다. 플루타르코스에 따르면, 알렉산더는 아킬레스의 무덤을 공경하긴 했지만, 그 앞에서 울지는 않았다.

076

농담만으로 지혜자가 될 수는 없다

늘 농담만 하지는 말라. 진지할 때 지혜로움이 드러나고, 이로써 재치 있는 것보다 더 큰 명성을 안긴다. 늘 농담만 하는 사람은 절대 진지하지 못하다. 이런 사람들은 거짓말쟁이들과 똑같이 신뢰를 얻지 못한다. 한쪽은 거짓말을 해서 믿을 수가 없고, 또 다른 한쪽은 농담만 해서 믿을 수가 없다. 이런 사람은 언제 진지하게 말하는지를 절대 알 수 없는데, 진지함이 없어 보이기 때문이다. 계속 농담을 던지는 것만큼 경멸당할 만한 일은 없다. 어떤 사람들은 재치로 명성을 얻지만, 대신 지혜로운 사람이라는 평판은 잃는다. 따라서 농담을 할 때는 유쾌해야 하지만, 그 외 시간에는 진지해야 한다.

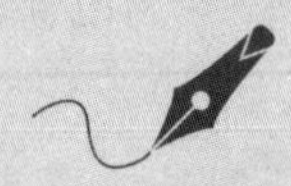

ORACULO MANUAL Y ARTE DE PRUDENCIA

3부

인생은 짧지만 잘 살아낸
삶의 기억은 영원하다

안목

077

비슷한 점이 있으면 마음을 얻을 수 있다

모든 사람에게 맞출 줄 알라. 지혜로운 프로테우스[70]처럼 학자와 있으면 학자가 되고, 성인들과 있으면 성인이 될 수 있어야 한다. 이것은 모든 사람을 얻기 위한 훌륭한 기술이다. 비슷한 점이 있으면 호감을 얻을 수 있기 때문이다. 따라서 각 사람의 기질을 살펴보고, 각각에 맞추어야 한다. 진지한 사람이든, 유쾌한 사람이든 상대에 따라 적절하게 맞출 줄 알아야 한다. 이것은 남들에게 의존해 사는 사람들에게 매우 중요하다. 매우 지혜롭게 살기 위해서는 훌륭한 기지가 필요하다. 물론 이것은 지식과 안목이 뛰어난 사람에게는 별로 어렵지 않은 일이다.

---

70. 그리스·로마 신화에서 바다의 신으로 등장하며, 여러 형태로 변신하는 것으로 유명하다.

078

무모함으로 얻는 것은 많지 않다

시도의 기술. 모든 어리석은 사람은 무모해서 늘 앞뒤 가리지 않고 행동한다. 이런 단순함으로 위험을 예측하지 못하고, 이후에 받을 불명예도 생각하지 못한다. 그러나 지혜로운 사람은 매사에 매우 조심스럽게 시도한다. 주의와 신중함이 늘 앞서기 때문에 안전한 진행 여부를 알 수 있다. 성급한 행동은 운이 좋아 결과가 좋을 때도 있지만, 대부분은 신중하지 않아 실패하게 된다. 따라서 너무 깊어서 겁이 나는 곳은 조심스럽게 천천히 가야 한다. 현명하게 시도해 가면서 지혜로 확고한 기반을 다져야 한다. 오늘날 인간관계에는 커다란 심연들[71]이 있어서, 깊이를 잘 살펴보면서 가는 것이 좋다.

---

71. '위험'을 의미한다.

079

유머를 사용하면
어려움에서 속히 벗어날 수 있다

쾌활하고 재밌는 성격. 과하지만 않다면, 이것은 단점이 아닌 뛰어난 장점이다. 약간의 재치는 모든 면에서 적절한 양념이 된다. 가장 위대한 사람들도 유머를 구사해 많은 사람의 호의를 얻으며, 그들은 늘 지혜롭고 예의를 지킨다. 또 어떤 사람들은 유머를 이용해 어려움에서 빨리 벗어난다. 농담으로 받아들여야 하는 일이 있기 때문이다. 그런데 종종 그 일들을 진지하게 받아들이는 사람들도 있다. 아무튼, 쾌활하고 재밌는 사람은 사람들의 마음을 사로잡는다.

080

진실이 사실 그대로 전달되는 경우는 드물다

정보를 얻을 때 조심하라. 사람은 주로 정보에 의존해 살아간다. 자신이 직접 보는 것은 많지 않고, 대신 남의 말을 듣고 살아가는 것이다. 귀는 진실의 쪽문이자, 거짓의 정문이다. 보통 진실은 듣는 것보다 보는 데서 오는 경우가 더 많다. 진실이 사실 그대로 전달되는 경우는 드문데, 멀리서 올 때는 더 그렇다. 늘 여러 군데를 거치다 보면 감정들이 섞여 오기 때문이다. 정념은 닿는 모든 것을 자기 색으로 물들인다. 그래서 때로는 듣기 좋지만, 때로는 불쾌한 게 정보다. 그리고 그것은 항상 강한 인상을 남기려고 애쓴다. 따라서 칭찬하는 사람의 말도 잘 걸러 들어야 하지만, 비난하는 사람의 말은 더 주의 깊게 들어야 한다. 정보를 주는 사람의 의도를 발견하고, 어느 발[72]이 움직였는지를 알려면 주의를 기울여야 한다. 즉, 심사숙고해서 무엇이 부족하고 무엇이 거짓인지를 가려내야 한다.

---

72. '의도'를 의미한다.

081

평범하더라도 새로운 것이, 탁월한데 낡은 것보다 낫다

자기 광채[73]를 새롭게 하라. 이것은 불사조가 누리는 특권이다. 탁월함도 명성도 사그라지기 마련이다. 탁월한 것들도 익숙해지면 감탄이 줄어든다. 그래서 평범하더라도 새로운 것이, 탁월한데 낡은 것보다 낫다. 따라서 용기와 재능, 행운 등 모든 면을 새롭게 해야 한다. 화려할 정도로 새롭게 해야 한다. 태양처럼 끝없이 떠오르게 하고, 빛을 발하는 무대들[74]도 바꾸어야 한다. 즉, 이쪽에서는 결핍으로 인해 욕구가 일어나고, 저쪽에서는 새로움으로 박수를 받게 해야 한다.

73. 탁월한 자질과 능력을 뜻한다.
74. 정치, 문학, 군사 예술 등과 같은 활동 분야를 뜻한다.

082

극단으로 가면 바닥이 드러난다

좋든 나쁘든 극단으로 가지 말라. 어떤 현자[75]는 절제가 곧 지혜라고 했다. 너무 엄격한 정의는 불의로 전락하고, 오렌지도 너무 많이 짜면 입에 쓰다. 즐길 때라도 극단적으로 가선 안 된다. 재능도 극단으로 치우치면 바닥이 드러난다. 너무 포학하게 억지로 젖을 짜면, 우유 대신 피가 나올 것이다.

75. 절제를 주장하는 스토아학파의 중심 인물인 세네카를 말한다.

083

지혜만 충분하면 다른 건 조금 부족해도 괜찮다

자신의 가벼운 잘못은 허용하라. 탁월해지는 데는 잘못이 필요한 경우가 많다. 종종 시기심으로 사람을 추방하기도 하는데,[76] 그것이 지속될수록 더 독이 된다. 시기심이 가세하면, 죄 없는 무흠의 상태에도 죄를 뒤집어씌우고,[77] 모든 면에서 완벽하다는 이유로 전부 비난한다. 그리고 자기 위안거리를 찾기 위해서라면 매우 훌륭한 것에서도 결점을 찾는 아르고스[78]로 변신한다. 그리고 그 비난은 번개처럼 가장 높은 자리들을 내리친다. 때때로 호메로스도 꾸벅꾸벅 조는 법이니, 지혜를 제외한 재능이나 용기 면에서는 잘못을 저지르는 척하라. 그렇게 하면 그런 자들의 악의가 진정되고, 독소가 터지지 않을 것이다. 이는 불후의 명성을 지키기 위해 시기심이라는 황소에 망토를 씌우는 것과 같다.

---

76. 고대 그리스 민주정 시대에는 위험인물을 시민들의 비밀투표로 10년간 국외로 추방한 도편추방제가 있었다.
77. 시기심은 완전한 사람이 죄를 짓지 않는 것을 보면서도 죄로 생각한다.
78. 그리스 신화에 나오는 백 개의 눈을 가진 괴물로 모든 것을 본다. 좋은 것에서도 늘 결점을 찾아낸다.

084

어리석은 자가 친구에게서 얻는 유익보다 지혜자가 적에게서 얻는 유익이 더 크다

적을 이용할 줄 알라. 매사에 해치는 칼날이 아닌, 자신을 지켜주는 칼자루를 잡는 법을 배워야 한다. 경쟁할 때는 더욱 그래야 한다. 어리석은 사람이 친구로부터 얻는 유익보다 현명한 사람이 적으로부터 얻는 유익이 더 크다. 악의는 종종 호의가 넘을 수 없는 어려움이라는 산을 평평하게 만든다. 많은 사람이 적들 덕분에 위대해졌다. 아첨은 증오보다 훨씬 더 위험하다. 증오는 결점을 없애려고 하지만, 아첨은 그것을 감추기 때문이다. 지혜로운 사람은 애정의 거울보다 악의의 거울을 더 신뢰한다. 그렇게 비방을 예방하고, 결점을 고쳐나간다. 적과 악의의 옆집에 살면, 더 신중해진다.

085

횃불은 밝을수록 더 많이 닳고 지속 시간도 짧다

만능패가 되지 말라. 모든 탁월한 것에도 결점이 있는데, 너무 많이 사용되면 오용되기 쉽다는 것이다. 그리고 모두가 탁월함을 탐내면, 결국엔 모두 불쾌해진다. 아무짝에도 쓸모없는 존재라면 큰 불행이지만, 모든 일에 만능패가 되려는 것도 그에 못지않은 불행이다. 이런 사람은 아무리 많이 얻어도 결국은 그것을 잃게 된다. 그리고 얼마 안 가서 한때 받은 사랑만큼 미움을 받는다. 그리고 이런 만능패가 가진 모든 종류의 완벽함은 차츰 닳아 없어진다. 그러면 초기에 받았던 진귀한 자라는 명성을 잃고, 평범하다는 불명예를 받는다. 이 모든 극단적 상황을 벗어나는 유일한 해결책은 탁월한 빛을 드러낼 때 중도를 지키는 것이다. 즉, 완벽함이 넘치되 드러낼 때는 절제해야 한다. 횃불은 밝을수록 더 많이 닳고 지속 시간도 짧아지기 때문이다. 따라서 명성을 얻으려면 자신을 덜 드러내야 한다.

086

작은 힘으로 막을 수 있는 문제를 크게 키우지 말라

험담을 미리 방지하라. 대중은 머리가 여럿이라 악의적인 눈도 많고, 중상하는 혀도 많다. 험담이 돌기 시작하면 좋았던 평판도 떨어진다. 그리고 그것이 별명처럼 달라붙으면, 명예도 훼손된다. 보통 험담은 눈에 띄는 약점이나 터무니없는 결점 때문에 생기는데, 그것이 소문내기 좋은 재료이기 때문이다. 때로는 적들이 별것 아닌 결함을 과도하게 부풀려 명성을 떨어뜨리기도 한다. 그 입에는 악의가 가득한데, 뻔뻔하고 대담한 거짓말보다는 농담하는 척하며 상대의 명성을 더 빨리 무너뜨린다. 따라서 악평을 얻기는 매우 쉽다. 나쁜 것은 그럴듯하고 한번 들으면 잊히지 않기 때문이다. 그러므로 현명한 사람이라면 저속하고 뻔뻔스러운 말을 경계하면서 이런 험담을 미리 막아야 한다. 나중에 고치는 것보다 미리 방지하는 게 훨씬 쉽기 때문이다.

087

지혜와 욕구, 대화에 세련미를 더하라

교양과 세련미. 인간은 야만인으로 태어나지만, 교양 덕분에 동물보다 나은 존재가 된다. 교양은 사람을 온전하게 만들고, 교양이 높을수록 더 나은 사람[79]이 된다. 그리스인은 교양이 있어서 타민족을 야만인이라고 불렀다. 무지는 매우 거칠고 무례하다. 지식보다 더 많은 교양을 얻을 방법은 없다. 하지만 지혜도 세련되지 않으면 조잡해진다. 지식뿐만 아니라 욕구도 세련되어야 하고, 대화는 더더욱 그래야 한다. 어떤 사람들은 내적으로나 외적으로 우아함을 타고났다. 겉껍질에 해당하는 생각과 말뿐만 아니라, 열매에 해당하는 탁월한 정신이 모두 다 그렇다. 반대로 어떤 사람들은 너무 거칠어서 모든 것 그러니까 때로는 자신의 탁월함조차 참을 수 없는 야만적인 불결함으로 만들어 우리를 오염시킨다.

---

79. 각주 7 참조. 가장 높은 수준의 합리적 · 도덕적 인식을 가진 존재를 뜻한다.

088

때로는 모르는 척 넘어가야 할 때도 있다

관대하게 처신하라. 또한, 처신이 탁월하도록 노력해야 한다. 위대한 사람은 시시하게 행동하지 말아야 한다. 절대 모든 일을 너무 하나하나 따지지 말고, 특히 마음에 들지 않는 일에서는 더 그래야 한다. 신경 쓰지 않았는데 모든 걸 알게 되는 건 도움이 되지만, 일부러 모든 것을 알려고 드는 건 별 도움이 안 되기 때문이다. 그리고 일상에서는 관대하고 예의 바르게 처신해야 한다. 통치하는 일에서도 모른 척 넘어가는 것이 중요하다. 지인과 가족, 친구 특히 적들 사이에서 벌어지는 일은 대부분 그냥 못 본 척 넘기는 법을 배워야 한다. 뭐든 지나친 간섭은 화를 부르고, 그게 성격이 되면 골치 아파지기 때문이다. 불쾌함 혹은 불쾌한 것 주변을 계속 맴도는 일은 일종의 미친 짓이다. 대개 사람은 자기 마음과 수용 능력에 따라 행동하기 마련이다.

089

자신을 알지 못하면 스스로 주인이 될 수 없다

자기 자신을 알라. 자기 기질과 재능, 판단과 기분을 알아야 한다. 자신을 알지 못하면 자기 주인이 될 수 없다. 얼굴을 비춰주는 거울은 있지만, 마음을 비춰주는 거울은 없다. 따라서 신중한 자기 성찰을 곧 마음의 거울 삼아야 한다. 외적인 모습을 신경 쓰지 않을 때가 되면, 내적인 모습을 고치고 개선하기 위해 노력하라. 그렇게 하려면 자신의 지혜와 명민함의 힘이 어느 정도인지 알아야 한다. 그리고 일을 할 때 어려움을 극복하는 능력이 어느 정도인지 가늠해보아야 한다. 이렇게 모든 일에서 자기 능력의 깊이와 무게를 조사해보아야 한다.

090

인생은 짧지만 잘 살아낸 삶의 기억은 영원하다

오래 사는 기술. 선하게 사는 것이 장수하는 기술이다. 삶을 빨리 끝내는 방법이 두 가지 있는데, 바로 어리석음과 비열함이다. 어떤 사람은 삶을 지킬 줄 몰라서 삶을 잃고, 어떤 사람은 삶을 지키려는 의지가 없어서 삶을 잃어버린다. 따라서 미덕 그 자체가 상인 것처럼, 악덕 그 자체도 벌이다.[80] 악덕을 향해 질주하는 사람은 삶을 두 배로 빨리 끝내려는 것이나 다름없다.[81] 하지만 미덕을 향해 달려가는 사람은 절대 죽지 않는다.[82] 또한, 정신이 온전하면 육체도 온전해진다. 그리고 선하게 살면 내적으로뿐만 아니라 외적으로도 오래 살게 된다.

---

80. 작가가 했던 말에 따르면, 악덕은 죽이고, 미덕은 치료한다.
81. 악덕은 삶과 명예, 그리고 몸과 마음을 죽이기 때문이다.
82. "인생은 짧지만 잘 살아낸 삶의 기억은 영원하다"(키케로).

091

불안함이 느껴지지 않을 때까지 준비하라

경솔함이 의심되지 않을 때만 행동하라. 일하면서 스스로 실패를 의심한다면, 지켜보는 사람은 그 실패를 확신할 수밖에 없다. 그리고 만일 상대가 경쟁자라면 더 그렇다. 정념의 열기로 판단력이 흔들리면, 열기가 식은 후에는 어리석었다는 비난을 받는다. 신중하지 못하다는 의심이 드는데도 행동하는 건 위험하다. 그럴 때는 오히려 하지 않는 게 더 안전하다. 신중한 사람[83]은 확률을 믿지 않고, 늘 이성의 빛이 비치는 정오에 걸어간다. 계획할 때부터 불안하다는 생각이 든다면 그 일이 어떻게 잘되겠는가? 마음속에서 만장일치를 이루고 잘 조절해 결정을 내려도 결과가 좋지 않을 때가 있는데, 이성의 망설임과 잘못된 판단으로 시작된 일에서 무엇을 기대할 수 있겠는가?

---

83. 여기서 신중하다는 것은 확신에 차서 하는 행동과 반대되는 태도를 의미한다.

092

높이 날수록 넓은 시야가 필요하다

탁월한 분별력. 이것은 모든 면에서 필요하다. 그리고 말과 행동을 할 때 첫 번째로 중요한 법칙인데, 높은 직책을 맡을수록 더욱 중요하다. 약간의 분별력이, 넘치는 명민함보다 낫다. 탁월한 분별력이 있으면 많은 박수갈채는 받지 못하더라도 안전하게 걸어갈 수는 있다. 분별력이 탁월하다는 평판을 받는다면 곧 명예로운 승리를 뜻한다. 분별력 있는 지혜자들은 그들의 판단이 성공의 시금석이라는 사실에 충분히 만족한다.

093

모든 좋은 것에서
유익을 얻는 기술을 익혀라

만능 재주꾼. 모든 면에서 완벽한 사람은 여러 사람의 가치와 맞먹는다. 그런 사람의 삶은 아주 행복하고, 친구들에게도 그 기쁨이 전해진다. 다양한 부분에서 완벽함을 갖추었다면 삶에서도 즐겁다. 모든 좋은 것에서 유익을 얻는 것은 탁월한 기술이다. 자연은 인간을 자신의 집약체로 탁월하게 만들었기 때문에, 인간은 기술을 통해 취향을 단련하고 지성을 훈련함으로써 자기 안에 진정한 소우주를 창조해야 한다.

094

한눈에 파악되는 존재가 되어선 안 된다

능력의 한계를 드러내지 말라. 주의 깊은 사람이라면 모두의 존경을 받으려는 마음에 남들이 자신의 지식과 능력의 깊이를 측정하도록 허용해서는 안 된다. 사람들에게 알려지긴 하되, 한눈에 파악되는 존재가 되어서는 안 된다. 자기 능력의 한계를 아무도 알게 해서는 안 된다. 그러면 실망할 위험이 있기 때문이다. 절대로 남들이 나의 모든 능력을 파악하게 두어서는 안 된다. 남들이 당신의 능력을 정확히 아는 것보다는 능력이 발휘될 범위를 추측하고 의심할 때 더 큰 존경심을 갖게 되기 때문이다.

095

힘과 지식을 다 풀지 말고 상대방이 더 큰 것을 기대하게 하라

기대감을 불러일으키라. 늘 당신을 기대하게 해야 한다. 더 많은 것을 약속하고 더 나은 행동을 해서 더 큰 것을 기대하게 해야 한다. 그리고 패를 던질 때도 처음부터 전부 다 던질 필요는 없다. 최고의 계책은 힘과 지식을 절제할 줄 알고, 성공을 위해 조금씩 나아가는 데 있다.

096

적은 노력으로 위대한 목표를 이루는 길

위대한 양식(良識)[84]에 대해서. 이것은 이성의 왕좌이자 지혜의 기초이다. 이것이 있으면 적은 노력으로도 목표를 이룰 수 있다. 이것은 하늘에서 내린 선물이며, 처음이자 극상으로 바라는 것이어야 한다. 이것은 위기 때 입는 갑옷에서 가장 중요한 부분이므로, 이것이 없으면 부족한 자로 여겨진다. 그리고 이것이 부족하면 많은 부분에서 티가 난다. 삶의 모든 행동은 그것의 영향력에 달려 있다. 그리고 모든 행동은 그것에 평가를 요청한다. 모든 일은 분별력 있게 이루어져야 하기 때문이다. 그것은 자연스럽게 이성에 가장 부합하고, 가장 합당한 것과 언제나 조화를 이룬다.

84. 각주 27 참조.

097

알맹이 있는 명성을 얻었다면 유지하기는 쉽다

명성을 얻고 유지하라. 이것은 유명해지면 얻을 수 있는 권리이다. 하지만 명성을 얻기는 무척 어렵다. 그것은 탁월함 속에서 생기기 때문이다. 평범한 사람은 흔하고, 탁월한 사람은 드물다. 하지만 한 번 명성을 얻고 나면, 유지하기는 쉽다. 거기에는 많은 의무가 따르지만, 더 많은 일을 하기 때문이다. 명성은 그 근원과 영역이 고귀하므로 한 번 존경을 얻으면, 일종의 위엄이 생긴다. 단, 본질적인 명성[85]만이 영원히 지속된다.

---

85. 원인이나 영역에 따라 변하지 않는 명성을 뜻한다.

098

가장 실질적인 지식은 진짜 의도를 감출 줄 아는 것이다

진짜 의도를 감추라. 정념은 정신의 벽에 난 구멍들이다. 가장 실질적인 지식은 진짜 의도를 감출 줄 아는 것이다. 카드놀이에서 패를 보여주는 사람은 패할 위험이 있다. 신중한 사람은 그 자제력으로 노련한 사람의 호기심과 싸운다. 상대가 살쾡이처럼 알려고 할 때, 오징어처럼[86] 생각을 숨겨야 한다. 또한, 취향도 상대가 알지 못하게 감춰야 한다. 누군가 반대하거나 아첨하지 못하게 조심해야 하기 때문이다.

---

86. 먹물을 숨기고 있는 오징어의 특징과 관련된 표현이다.

099

겉모습이 별로면,
실제로 의도가 좋아도 부족해 보인다

실제와 겉모습. 사물은 있는 그대로가 아니라, 보이는 대로 받아들여진다. 그 안을 들여다보는 사람은 드물고, 많은 사람이 겉모습에 열중하기 때문이다. 따라서 겉모습이 별로면, 실제로 아무리 의도가 좋아도 부족할 수밖에 없다.

100

인생의 진정한 지식에 이른 자는 속임수를 쉽게 분별한다

속임수를 분별하는 사람.[87] 현명한 기독교인[88]과 궁정 철학자[89]가 이에 해당한다. 단, 그런 사람이라고 스스로 드러내거나 그런 척해서는 안 된다. 오늘날 철학적 사색은 명성을 잃었지만, 이것은 여전히 현자들의 가장 큰 활동이다. 지금 지혜로운 사람들의 학문은 권위를 잃고 있다. 세네카는 그것을 로마에 소개했고, 한동안 귀족들의 호위를 받았다. 하지만 이제 그것은 쓸모없고 성가신 것으로 여겨질 뿐이다. 그러나 속임수를 분별하는 일은 언제나 지혜의 양식이자, 올곧은 사람의 즐거움이다.

---

87. 속임수와 잘못을 아는 것, 즉 분별력과 현명한 판단력으로 인생의 진정한 지식에 이르렀다는 뜻이다.
88. 고결한 현자를 뜻한다.
89. 세상의 철학자를 뜻한다.

101

세상의 절반이 당신을 외면해도 그 가치를 인정해줄 사람이 있다

세상의 절반이 남은 절반을 비웃지만, 모두 어리석다.[90] 의견에 따라 모든 것이 좋을 수도 있고 나쁠 수도 있다. 그래서 한쪽에서 따르는 것을 다른 쪽에서는 구박하기도 한다. 하지만 모든 것을 자기 생각대로 좌지우지하려는 것은 참기 힘든 어리석음이다. 완벽함은 어느 하나를 만족시킨다고 이룰 수 있는 게 아니다. 각자 얼굴이 다른 것처럼 취향도 다양하기 때문이다. 그리고 관심이 없으면 그 흠도 보이지 않는 법이다. 따라서 어떤 사람들이 당신이 하는 일을 마음에 들어 하지 않는다고 해서 낙심할 필요는 없다. 누군가가 그 가치를 인정해줄 것이기 때문이다. 마찬가지로 사람들의 박수를 받았다고 우쭐할 필요도 없다. 그것을 비난할 사람들도 있기 때문이다. 진정한 만족의 기준은 그 상황의 질서를 판단할 줄 아는 저명한 사람들의 인정을 받았는가에 있다. 따라서 한 가지 의견이나 관습, 한 시대만을 따라 살아서는 안 된다.

---

90. 상대방의 허물과 어리석음만 보고 비웃기 때문에 자신을 볼 수 없으므로 결국 모두가 어리석다는 뜻이다.

102

큰 행운을 맞기 전에 먼저 배짱을 키워라

크게 베어 문 행운을 소화할 수 있는 위.[91] 지혜를 몸이라고 한다면, 그 안에서 가장 중요한 부위는 커다란 위(胃)이다. 위가 커야 받아들일 수 있는 능력도 크기 때문이다. 큰 행운이 다가올 때 그것을 누릴 만한 능력이 되는 사람은 당황하지 않는다. 같은 행운을 먹어도 어떤 사람은 과식으로 배탈이 나지만, 어떤 사람은 여전히 배가 고프다. 천성적으로 위가 작아서 진귀한 음식을 소화하지 못하는 사람들도 많다. 그들은 높은 자리를 위해 태어나지 않았고, 훈련도 받지 못했다. 그들은 인간관계에서 혼란스러워하고 정당하지 못한 방법으로 얻은 명예에서 뿜어져 나오는 연기에 정신을 잃는다. 더욱이 그들은 높은 자리에 오를 때 큰 위험에 처한다. 행운을 제대로 소화하지 못해 결국 그것을 얻지 못하기 때문이다. 그러므로 위대한 사람은 더 큰 일도 할 만한 여력이 있음을 보여주어야 한다. 그리고 특히 배포가 작다는 인상을 주는 것은 모두 조심스럽게 피해야 한다.

---

91. 신체 기관 중 '위'는 은유적으로 용기와 결단력을 상징하는 경우가 많다.

103

당신의 위치에 걸맞은 위엄을 갖추라

각자 영역에서 위엄을 지니라. 당신이 비록 왕이 아닐지라도 각자 영역에서 행동할 때 왕 같은 위엄을 지니도록 해야 한다. 지혜롭게 고려한 기준 안에서 왕처럼 처신해야 한다. 즉, 고상하게 행동하고 높게 생각해야 한다. 실제로 왕이 아니더라도 미덕으로 말미암아 매사에 왕 같은 위엄이 드러나야 한다. 진정한 통치권은 온전한 습관에서 나오기 때문이다. 하지만 위대함의 기준이 될 만한 사람은 위대함을 부러워할 필요가 없다. 특히 왕위에 가까이 있는 사람들은 참된 우월함을 가까이해야 한다. 즉, 겉치레 예식보다는 왕의 탁월함을 따르고, 불완전한 허영심보다는 더 높은 본질을 열망해야 한다.

104

사람을 다스리는 일이 가장 힘들다

일들의 맥을 짚어보라. 일에 따라 필요한 것들이 다르다. 그런 맥을 짚으려면 숙달된 지식이 필요한데, 여기에는 주의력이 요구된다. 어떤 일에는 용기가, 어떤 일에는 재치가 필요하다. 정직하기만 하면 되는 일이 가장 쉽고, 술책이 필요한 일은 가장 어렵다. 전자는 타고난 성품만 있으면 되지만, 후자는 모든 관심과 열정을 쏟아도 부족하기 때문이다. 원래부터도 사람을 다스리는 일은 힘든데, 미치광이나 어리석은 사람들을 다스리는 건 훨씬 더 힘들다. 그리고 무지한 사람을 다스리려면 머리를 두 배로 써야 한다. 한편, 견디기 힘든 일도 있는데, 모든 활동을 정해진 시간에 똑같은 방법대로 해야 하는 일이다. 가장 좋은 일은 중요하면서도 다양해서 지루하지 않은 일이다. 변화는 취향을 새롭게 하기 때문이다. 그리고 가장 권위 있는 일은 다른 사람에게 최소한만 종속되거나, 종속과는 거리가 먼 일이다. 반면, 최악은 인간의 집[92]에서 땀[93]을 흘리고, 신의 집[94]에서는 더 땀을 흘려야 하는 일이다.

---

92. 내세
93. 고생
94. 이생

105

좋은 말인데 간결하면 두 배로 좋아진다

상대를 지루하게 만들지 말라. 한 가지 일을 하거나 한 가지 주제만 말하는 사람은 지루한 사람이 되기 쉽다. 간결한 말은 듣기에 좋고 협상에도 적합하다. 말이 간결해 잃어버린 게 있다면 예의로 얻으면 된다. 좋은 말인데 간결하면 두 배로 좋아진다. 그리고 나쁜 말도 간결하면 그렇게 나쁘지는 않다. 요점만 전하는 말은 여러 가지가 뒤섞인 말보다 더 효과적이다. 그리고 보통 키 큰 사람이 싱겁다고 하지만, 말이 많은 것보다는 차라리 키가 큰 게 낫다. 그리고 세상을 좋게 만들기는커녕 망치는 데 능숙한 사람들이 있다. 그들은 모두에게 쓸모가 없어져 버려진 장신구와 같다. 지혜로운 사람은 상대를 지루하게 만들지 말아야 하는데, 특히 훌륭한 사람들에게는 더욱 조심해야 한다. 그들의 삶은 아주 바빠서, 그들을 지루하게 만들면 다른 사람들에게 그렇게 하는 것보다 더 좋지 않은 결과를 낳기 때문이다. 요컨대, 좋은 말은 간결하다.

106

존경은 자기가 받으려고 할수록 더 받기 어렵다

행운을 자랑하지 말라. 지위를 자랑하는 것은 사람 자체를 자랑하는 것보다 더 꼴불견이다. 스스로 중요한 사람이라고 자랑하는 것도 밉살스러운데, 그러면 시기를 받을 수밖에 없기 때문이다. 존경은 자기가 받으려고 하면 할수록 더 받기가 어렵다. 그것은 남의 의견에 달린 것이기 때문이다. 존경은 스스로 얻을 수 있는 게 아니라, 다른 사람에게 받아야 하고 기다려야 얻어진다. 높은 지위에는 걸맞은 권위가 필요하다. 그렇지 않으면 훌륭하게 일을 수행할 수 없다. 따라서 임무 수행에 적절한 권위를 유지해야 한다. 그것을 얻으려고 다른 사람을 쥐어짜지 말고, 거드는 식으로 해서 자연스럽게 얻어내야 한다. 자기 지위에 지나치게 몰두하는 사람은 그 일을 할 만한 자격이 없다는 것과 자기 능력이 그 지위에 못 미친다는 사실을 드러낼 뿐이다. 따라서 평가를 받아야 한다면, 우연이나 일시적으로 얻은 행운이 아닌, 탁월한 재능으로 그렇게 해야 한다. 설령 왕이라 할지라도 외적인 통치권보다는 개인적 자질로 더 존경받아야 한다.

107

자기만족은 대개 무지에서 시작해 어리석은 행복으로 끝난다

자기만족을 드러내지 말라. 자기 불만에도 빠지지 말라. 이는 정신력이 약해서 생기는 결과이기 때문이다. 또한, 자기만족에도 빠지지 말아야 하는데, 이는 어리석은 일이기 때문이다. 자기만족은 대개 무지에서 시작해 어리석은 행복으로 끝난다. 자신에게 즐거움은 주지만, 평판은 떨어뜨린다. 이런 사람은 다른 사람의 완벽한 자질을 이해할 수 없어서, 자신의 비천한 평범함에 만족한다. 불신은 신중하게 처신하는 데 늘 도움이 된다. 일이 잘 풀리도록 준비하거나 결과가 좋지 않을 때 위안을 얻을 수 있다. 미리 불행을 경계한 사람은 그런 일이 생겼을 때 덜 걱정하기 때문이다. 호메로스[95]라도 종종 졸고, 알렉산더왕[96]도 자신의 잘못으로 왕좌에서 내려온다. 만사는 여러 상황에 따라 달라진다. 한때 성공을 불러온 일이지만 때가 달라지면 실패를 가져오기도 한다. 하지만 어리석음은 고칠 수가 없다. 헛된 만족은 꽃을 피우더라도 그 싹을 틔우는 것은 계속 같은 씨앗이기 때문이다.

---

95. 자만하지 않는 지혜로운 인물을 상징한다.
96. 현자들에 따르면, 알렉산더 대왕은 불멸의 신성에도 불구하고 젊은 나이에 사망했다. 여기에서 알렉산더는 자만하고 허영심이 있는 인물을 상징한다.

108

다른 사람과 조화하는 것은 큰 능력이다

온전한 사람이 되는 지름길. 그것은 다른 사람과 교제를 잘하는 것이다. 이를 위해 남과 잘 어울리는 것이 매우 효과적이다. 그러면서 습관과 취향을 서로 나누고, 자기도 모르게 기질과 재능도 닮아간다. 그래서 성급한 사람은 잘 참는 사람과 함께 어울리고자 한다. 이렇게 기질이 다른 사람들과 교제하면, 애쓰지 않아도 지나치거나 모자람 없는 모습을 갖추게 될 것이다. 따라서 다른 사람과 조화를 이룰 줄 아는 것은 큰 능력이다. 세상은 정반대 모습들이 번갈아 나타날 때 유지되고 아름다워진다. 그리고 그런 정반대 모습들이 본능적인 부분에서 조화를 이룬다면, 도덕적인 부분에서는 더 큰 조화를 이룰 것이다. 친구와 신하를 선택할 때도 이런 조언을 따라야 한다. 정반대 사람들이 서로 어울린다면, 한쪽으로 치우치지 않는 매우 신중한 사람이 될 것이기 때문이다.

109

거친 기질을 제어하지 않으면 모든 것을 죄로 만든다

비난하지 말라. 거친 기질을 가진 사람들이 있는데, 이들은 모든 것을 죄로 만든다. 이것은 정념이 아닌, 타고난 본성 때문이다. 그들은 모두를 비난하는데, 어떤 사람에 대해서는 이전에 한 일로, 또 다른 사람에 대해서는 앞으로 할 일 때문에 비난한다. 이것은 잔인하고 사악한 마음을 나타낸다. 그들은 남들과 싸우기 위해 티끌을 들보[97]로 만들 정도로 과장해서 비판한다. 또한, 그들은 엘리시온[98]도 감옥으로 만들 수 있는 감독관이다. 하지만 여기에 정념까지 끼어들면, 모든 것은 극단으로 치닫는다. 반대로 심성이 고운 사람은 의도적인 게 아니라면, 부주의 때문이라고 여기며 무엇이든 용서한다.

---

97. "어찌하여 형제의 눈 속에 있는 티는 보고 네 눈 속에 있는 들보는 깨닫지 못하느냐"(마태복음 7장 3절)라고 말한 신약 성경 말씀과 관련 있다.
98. 그리스 · 로마 신화에 나오는 '낙원'을 뜻한다.

110

사람들이 당신에게 등을 돌릴 때까지 기다리지 말라

해가 질 때까지 기다리지 말라. 지혜로운 사람의 처세훈 중에는 버림받기 전에 먼저 버리라는 말이 있다. 마지막에 승리를 거머쥘 수 있어야 한다. 때때로 태양도 가장 밝게 빛날 때 구름 뒤로 숨어 지는 모습을 보이지 않고, 자신이 졌는지 아닌지 확신하지 못하게 둔다. 수모를 피하려면 쇠퇴할 때 몸을 피해야 한다. 사람들이 당신에게 등을 돌릴 때까지 기다리지 말라. 그들은 고통 앞에서는 살아 있으나, 존중 앞에서는 죽어 있는 당신을 무덤으로 데려갈 것이다. 노련한 조련사는 경주마를 은퇴시킬 시기를 알고 있다. 즉, 경주에 나갔다가 쓰러져 조롱받을 때까지 기다리지 않는다. 또한, 미인은 영리하게 미리 거울을 깨뜨린다. 나중에 실망한 모습을 보고 자신을 참을 수 없을 때까지 기다리지 않는다.

111

친구는
또 다른 나다

친구를 사귀라. 친구는 또 다른 나다. 모든 친구는 좋고 현명한 존재다. 친구들 사이에서는 모든 일이 잘된다. 사람은 다른 사람들이 원하는 만큼 가치가 있다. 그리고 남이 원하는 사람이 되려면 말로 마음으로 그들을 얻어야 한다. 다른 사람을 잘 섬기는 것만큼 마음을 사로잡는 비결은 없다. 그리고 우정을 얻는 가장 좋은 방법은 직접 친구를 사귀는 것이다. 우리가 얻는 최고의 것은 대부분 다른 사람들에게 달려 있다. 우리는 친구 아니면 적과 살아가야 한다. 따라서 친밀한 친구는 아니더라도 호의적인 친구들을 매일 사귀도록 해야 한다. 잘 선택한다면 일부는 믿을 만한 친구로 남을 것이다.

112

호의를 얻으면
일사천리로 일이 진행된다

호의를 얻어라. 신은 가장 중요한 일을 하면서 미리 호의를 준비해 놓았다.[99] 남의 호의를 얻으면 호평이 따라온다. 어떤 사람들은 자기 가치를 너무 믿는 나머지, 다른 사람의 호의를 얻으려는 노력을 가볍게 여긴다. 그러나 호의 없이 공덕만으로 가는 길은 아주 많이 돌아가는 험한 길임을 현명한 사람은 안다. 호의를 얻으면 모든 일을 더 쉽게 할 수 있고 서로 보완이 된다. 호의를 얻으면 상대방은 당신에게 용기와 성실, 지혜, 심지어는 분별력 같은 탁월함이 원래부터 있었다고 믿게 된다. 그리고 당신의 결점을 보지 않는데, 그것을 찾으려고 하지 않기 때문이다. 보통 호의는 기질과 인종, 가족, 국가, 직업 등 물질적 유사성에서 생겨난다. 영적 호의는 능력과 의무, 명예, 공덕보다 더 숭고하다. 처음에 호의를 얻긴 어렵지만, 일단 얻고 나면 유지하는 건 쉽다. 호의를 얻으려고 애쓰겠다면, 그것을 사용할 줄도 알아야 한다.

---

99. 신이 피조물을 창조하고, 호의(또는 사랑)라는 혜택을 미리 준비했음을 암시한다.

113

악천후와 역경 대비는
잘 나갈 때 해야 한다

번영할 때 역경을 대비하라. 여름에 겨울 식량을 준비하는 것이 더 지혜롭고 쉬운 예방책이다. 번영할 때는 호의를 얻기 쉽고, 우정도 넘친다. 따라서 이럴 때 악천후를 대비하는 것이 현명한 일이다. 역경을 만나면 호의를 얻기 어렵고, 우정도 부족해지기 때문이다. 따라서 친구와, 당신에게 고마워하는 사람들을 곁에 두라. 지금은 그들이 중요해보이지 않더라도 언젠가는 소중해지기 때문이다. 하지만 어리석은 자에게는 친구가 없다. 번영할 때는 친구들을 모른 척하고, 역경을 당할 때는 그들에게 외면당하기 때문이다.

114

경쟁의 열기는 당신의 소중한 것까지 태워 없앤다

절대 경쟁하지 말라. 모든 대립적인 주장은 평판에 흠집을 낸다. 경쟁자는 재빨리 상대의 결점을 찾아내 평판을 떨어뜨리려고 한다. 공정하게 전쟁을 치르는 사람은 거의 없다. 경쟁자는 예의상 묻어두었던 결점들을 들춘다. 많은 사람이 경쟁자가 없을 때는 좋은 평판을 유지하며 지냈다. 하지만 경쟁의 열기는 사라졌던 불명예를 되살리거나 거기에 불을 붙이고, 조상들의 악취까지 들춰낸다. 경쟁은 불명예를 들춰내는 일로 시작해, 할 수 있는 일과 해서는 안 되는 일까지 모조리 이용한다. 모욕을 주는 것이 승리의 무기가 되지 못할 때도 많지만 경쟁자는 오직 복수를 통해 비열한 만족을 얻고, 망각의 먼지를 뒤흔들어 상대의 명성을 떨어뜨린다. 그러나 호의적인 사람은 늘 평화롭다. 명성 있고 영예로운 사람에게는 늘 호의가 따른다.

4부

사람의 마음을 얻는 일은 가장 위대한 일이다

관계

115

사람들의 결점에 익숙해지는 것도 배워야 할 재주다

지인[100]의 결점에 익숙해져라. 추한 얼굴에 익숙해지는 것처럼, 지인의 결점에도 익숙해져야 한다. 의존적인 관계에 있을 때는 더욱 그래야 한다. 함께 살아갈 수 없을 정도로 고약해도, 함께 살아갈 수밖에 없는 사람들이 있다. 따라서 추한 얼굴에 익숙해지듯 그들에게 익숙해지는 것도 삶에 필요한 수완이다. 그렇게 되면 어떤 끔찍한 상황에서도 놀라지 않는다. 물론 처음에는 겁이 나겠지만, 그 공포는 차츰 사라지게 된다. 또한, 깊이 생각하면 불쾌한 일을 예방하거나 견딜 수 있어서 좋다.

---

100. 가족이나 친구뿐만 아니라, 우리가 계속 만나야 하는 모든 사람을 뜻한다.

116

비열한 사람들 사이에는 진정한 우정이 없다

늘 의무를 다하는 사람들[101]과 교제하라. 그런 사람들과는 서로 신뢰를 주고받을 수 있다. 그들의 의무감은 그런 행동을 보장한다. 그들은 비록 다툴 일이 생겨도 상대에게 잘 대한다. 그들은 늘 의무를 다하는 본래 모습대로 행동하기 때문이다. 그러므로 나쁜 사람을 이기느니 차라리 이런 좋은 사람과 다투는 게 낫다. 비열한 사람과는 좋은 교제를 나눌 수가 없다. 그들에게는 정직하게 행동해야 할 의무가 없기 때문이다. 따라서 비열한 사람들 사이에는 진정한 우정이 없고, 아무리 그럴듯해 보여도 신뢰할 수가 없다. 그것은 명예를 바탕으로 하지 않기 때문이다. 따라서 자기 명예를 지키지 않는 사람을 항상 피해야 한다. 명예를 중요하게 여기지 않는 사람은 미덕도 소중히 여기지 않기 때문이다. 명예는 정직의 왕좌다.

---

101. 여기서 의무는 도덕적인 요구를 이행하는 것이다. 따라서 이런 의무를 다한다면 존경과 명예를 받을 만한 양심적이고 정직한 사람이라는 의미다.

117

아첨과 비난이라는 암초를 피하려면 자신에 대한 말을 삼가라

절대 자신에 대해 말하지 말라. 자신을 칭찬하는 것은 헛된 일이고, 자신을 비난하는 것은 사기를 꺾는 일이기 때문이다. 그리고 말하는 사람이 지혜롭지 않으면, 듣는 사람이 괴로워진다. 친한 사이에서도 이런 일을 피해야 한다면, 높은 지위에 있는 사람은 더욱 그래야 한다. 공적으로 말하는 위치에서는 언뜻 어리석은 분위기만 풍겨도 어리석게 여겨지기 때문이다. 사람들 앞에서 자신에 대해 말하는 것도 지혜롭지 못하다. 두 가지 암초, 즉 아첨과 비난 중 하나에 부딪힐 위험이 있기 때문이다.

118

예의는 비용이 적게 들면서도 그 가치가 크다

예의 바르다는 평판을 얻어라. 이것은 충분히 칭찬받을 만한 일이다. 예의는 교육에서 가장 중요한 부분으로 일종의 마법과 같다. 무례할 때 모두의 분노와 경멸이 일어나듯, 예의가 바를 때 모두의 호의를 얻는다. 무례함이 교만함 때문이라면 미움받을 만하고, 무식함 때문이라면 경멸받을 만하다. 예의는 부족한 것보다 많은 게 언제나 낫지만, 그렇다고 모든 사람에게 똑같이 예의 있게 대할 필요는 없다. 그러면 오히려 부당한 일이 되기 때문이다. 그리고 적들 사이에서 예의 있게 대하면, 그 가치가 드러난다. 예의는 비용이 적게 들지만 가치가 크다. 상대방을 존중하면 자신도 존중을 받는다. 예의와 존중은 그것을 사용하고 나타내는 사람에게 그대로 머문다는 장점이 있기 때문이다.

119

미움에 한번 사로잡히면 떨쳐내기가 어렵다

스스로 미움을 사지 말라. 굳이 스스로 반감을 불러일으킬 필요는 없다. 스스로 원하지 않아도 반감이 생길 수 있기 때문이다. 많은 사람은 이유나 방법도 모르면서 그저 남들을 미워한다. 악의는 선의를 베풀려고 하기도 전에 먼저 움직인다. 남에게 복수하려는 욕망은 물질적 욕망보다 더 빨리 움직이고, 더 많은 해를 끼친다.[102] 모두에게 미움받지 못해 안달인 사람들도 있다. 그들은 스스로 화가 나 있거나 다른 사람을 화나게 만든다. 미움에 한번 사로잡히면, 그것은 나쁜 평판만큼 지우기가 어렵다. 사람들은 현명한 사람을 경외하고, 험담하는 사람을 싫어하며, 교만한 사람을 혐오하고, 조롱하는 사람을 미워하며, 별난 사람은 그냥 내버려둔다. 따라서 남에게 존경받고 싶다면, 먼저 그들을 존경해야 한다. 그리고 번영하고 싶다면 먼저 남에게 공을 들여야 한다.

---

102. 이 문장은 의미가 분명하지 않아서 로메라-나바로의 주석을 참고해 번역했다.

120

생각과 취향도
시대에 따라 변한다

현실적인 삶을 살아라. 지식까지도 시대의 흐름을 따라야 한다. 그렇게 할 수 없다면 모르는 척하는 편이 낫다. 생각과 취향도 시대에 따라 변한다. 구닥다리 생각은 버리고, 취향도 최신 유행에 맞춰야 한다. 다수의 취향이 거의 모든 일을 결정하기 마련이다. 따라서 그것을 따라 더 나은 길로 나아가야 한다. 현명한 사람이라면 몸과 마음을 단장할 때, 비록 과거 방법으로 하는 것이 더 매력적으로 보일지라도 현재 방법을 따라야 한다. 단, 이런 생활 법칙은 선(善)의 영역에서는 예외이다. 그것은 시대와 상관없이 늘 실천해야 하는 미덕이기 때문이다. 이제는 진실하게 말하고 약속을 지키는 것이 구시대 발상처럼 보인다. 선한 사람들도 과거 좋은 시절에나 살아 있었던 것처럼 보인다. 그들은 언제나 변함없이 사랑을 받지만 선한 사람들이 있다 해도 그들은 주류가 되지 못하고, 대중도 그들을 따라 하지 않는다. 오, 미덕이 이상하게 보이고 악이 만연한 슬픈 시대여! 지혜로운 사람이 자기가 원하는 대로 살 수 없다면, 가능한 한 선에 맞춰 살아야 한다. 또한, 운명이 거절한 것보다 허락한 것을 더 소중히 여겨야 한다.

121

사소한 일을 크게 만들지 말라

문제가 아닌 것을 문제로 만들지 말라. 매사에 아무것도 신경 쓰지 않는 사람이 있는가 하면, 매사에 모든 것을 문제로 만드는 사람도 있다. 이들은 항상 모든 게 중요한 것처럼 이야기하고, 진지하게 받아들이며, 결국엔 싸움이나 비밀스러운 일로 만든다. 사소한 일을 크게 만들지 말아야 한다. 위태로워질 수 있기 때문이다. 등 뒤로 던져야 할 일[103]을 마음에 두는 것[104]은 어리석은 일이다. 원래 문제였지만 그대로 내버려두어 아무 문제가 되지 않은 일도 많다. 그리고 아무것도 아니었던 일인데, 괜히 신경 써서 큰 문제가 된 일도 많다. 처음에는 모든 일을 쉽게 끝낼 수 있지만, 나중에는 그렇지 않다. 그리고 치료법이 되려 병을 만드는 경우도 많다. 문제를 그대로 둔다고 해서 꼭 최악으로 흘러가진 않는다.

---

103. 잊어야 할 일을 뜻한다.
104. 걱정하는 일을 뜻한다.

122

사람의 마음을 얻는 일은 가장 위대한 일이다

말과 행동을 다스리라. 그러면 어디서나 많은 자리를 차지하고, 존경도 미리 얻는다. 이것은 모든 것, 즉 대화와 연설, 심지어 걷고 보고, 원하는 데까지 영향을 끼친다. 사람의 마음을 얻는 것은 위대한 승리다. 이러한 탁월함은 어리석은 무모함이나 거만함에서 비롯되지 않으며, 우월한 성품과 덕스러움이 쌓여 형성된 위엄 있는 권위에서 나온다.

123

현명한 사람은
자기 장점을 뽐내지 않는다

잘난 척하지 않는 사람. 재능이 탁월할수록 잘난 척을 삼가야 한다. 잘난 척을 하면 모두에게 천박하다는 소리를 들으며 불명예를 얻기 때문이다. 또한, 잘난 척을 하면 다른 사람을 불쾌하게 만드는 만큼 자신도 고통스러워진다. 남들을 돌보는 척을 해야 해서 희생하는 삶을 살아야 하고, 시간 엄수를 하느라 자신을 괴롭혀야[105] 하기 때문이다. 그리고 잘난 척을 하면 탁월함도 그 가치를 잃는다. 사람들은 이것이 선천적으로 자연스럽게 나온 게 아니라, 인위적으로 억지로 만들어진 것이라고 판단하기 때문이다. 참고로 사람들은 언제나 자연적인 능력을 인위적인 능력보다 좋게 여기고, 잘난 척하는 사람을 이상하다고 여긴다. 따라서 일을 잘할수록 자기 노력을 숨겨야 한다. 완벽함은 자연스럽게 드러나야 하기 때문이다. 또한, 일부러 잘난 척을 피하여 자신은 그런 삶과 거리가 멀다는 사실을 뽐내려 해서는 안 된다. 현명한 사람은 절대 자기 장점을 뽐내지 않는다. 자신에게 무심하면 오히려 다른 사람의 주목을 받게 마련이다. 따라서 자신의 모든 완벽함과 명성을 감추는 사람은 두 배로 뛰어난 사람이다. 그리고 이런 좁은 길을 따라가다 보면 결국에는 박수를 받게 된다.

---

105. 제시간에 정확하게 일을 처리하기 위해 주의하고 근면해야 한다는 뜻이다.

124

당신이 일을 필요로 하는 게 아닌 일이 당신을 필요로 해야 한다

남들이 탐내는 사람이 돼라. 숱한 사람들의 호의를 얻기는 쉽지 않다. 그리고 현명한 사람들의 호의를 얻는다면, 그건 큰 행운이다. 보통은 임기가 끝난 사람에게는 미적지근한 태도를 보이지만 계속 호의를 얻고 유지하는 방법이 있다. 가장 확실한 방법은 일과 재능에서 탁월함을 드러내는 것이다. 또한, 친절한 태도도 효과가 있다. 사람들이 당신의 탁월함에 의존하게 만들어야 한다. 즉, 당신이 그 일을 필요로 하는 게 아니라, 그 일에서 필요한 존재가 되어야 한다. 어떤 사람은 직위를 명예롭게 하고, 또 어떤 사람은 직위 때문에 명예로워진다. 단, 후임자가 형편없어서 당신이 돋보이는 건 별 도움이 안 된다. 이것은 당신이 탐나는 사람이 아니라, 후임자가 형편없는 사람이란 뜻이기 때문이다.

125

남의 흠이나 들춰내 자기 흠을 덮으려 하지 말라

녹색 책[106]이 되지 말라. 남의 치욕에 관심을 쏟는다는 것은 자기 명성이 망가졌다는 뜻이다. 어떤 사람은 자기 흠이 지워지지 않으면, 남의 흠으로 자기 흠을 덮으려고 한다. 아니면 그것으로 위로를 삼는데, 이것은 어리석은 자의 위로일 뿐이다. 도시 오물이 담긴 하수구 같은 그들 입에서는 악취가 난다. 더러운 것은 많이 파헤칠수록 더 더러워진다. 위아래[107] 또는 양옆[108]으로 흠이 하나도 없는 사람은 드물다. 물론, 별로 유명하지 않은 사람의 결점은 잘 알려지지 않는다. 따라서 지혜로운 사람은 다른 사람의 흠을 기록하지 말아야 한다. 그런 자들은 살아 있더라도 피도 눈물도 없는 비열하고 넌더리 나는 인간이라는 뜻이기 때문이다.

---

106. 로메라-나바로에 따르면, 녹색 책이란 개종하거나 새로 입교한 기독교인의 족보가 기록된 책으로 사람들의 잘못이나 허물들이 적힌 책을 말한다.
107. 원어는 '직선으로'라는 단어인데, '선조'를 뜻하는 혈통적인 관계이다.
108. 배우자나 친구처럼, 옆으로 퍼져 있는 관계이다.

126

친구들 사이라도 잘못을 털어놓는 일은 주의하라

어리석음을 저지르는 사람이 아니라, 그것을 감출 줄 모르는 사람이 어리석은 사람이다. 정념도 감추어야 하는데 결점은 얼마나 더 그래야 하겠는가! 모든 사람이 잘못을 저지른다. 하지만 현명한 사람은 자기 잘못을 감추고, 어리석은 사람은 곧 저지르려는 잘못까지 미리 떠벌린다. 명성은 한 일보다는 신중함이 좌우한다. 따라서 금욕생활을 할 게 아니라면 신중해야 한다. 위대한 사람들의 잘못은 해와 달의 일식이나 월식처럼 훤히 드러난다. 따라서 친구 사이에서도 잘못을 털어놓지 말아야 한다. 그리고 할 수만 있다면, 자신에게조차 숨겨야 한다. 하지만 여기서 도움이 될 만한 또 다른 삶의 법칙이 있는데, 이는 자기 잘못을 잊어버릴 줄 아는 것이다.

127

용기와 지혜, 아름다움에 생기를 더하는 은밀한 매력을 소유하라

매사에 은밀한 매력[109]을 보이라. 이것은 탁월한 자질의 생명이자 말의 호흡이며 행동의 영혼이고, 모든 탁월함의 광채다. 다른 완벽함은 본성의 장식이지만, 은밀한 매력은 완벽함 그 자체의 장식이다. 심지어 이것은 생각에서도 드러난다. 그리고 이는 대부분 학습보다는 자연적 특권으로 얻으며, 훈련보다 우월하다. 이것은 재능을 넘어서고 용기를 추월한다. 방해물을 제거하고 거기에 완벽함을 더하기도 한다. 은밀한 매력이 없으면 모든 아름다움은 죽고, 모든 우아함은 추악함이 된다. 또한, 그것은 용기와 분별, 지혜, 위엄 그 자체를 초월한다. 따라서 은밀한 매력은 모든 일의 지름길이자, 모든 어려움에서 세련되게 벗어나는 방법이다.

---

109. 여러 학자에 따르면, 이 글에서 'Depejo'〔데페호〕라는 단어의 뜻은 분명하지는 않다. 하지만 매우 긍정적인 개념임은 확실하다. '편안함과 우아함', '은밀한 매력', '카리스마'로 번역되기도 하는데, 여기에서는 '은밀한 매력'으로 옮겼다.

128

위대한 정신은 어디서나 빛난다

정신의 고귀함. 이것은 영웅의 주요 자질 중 하나다. 온갖 종류의 위대함을 불러일으키기 때문이다. 또한, 이것은 취향을 높이고, 마음을 넓히며, 생각을 고양하고, 심성을 고결하게 하며, 위엄을 갖추게 한다. 그리고 어디에 있든지 눈에 잘 띈다. 종종 운명의 시기로 감춰지기도 하나, 다시 빛난다. 그리고 할 수 있는 일이 제한될 때, 의지를 다스리기도 한다. 거기에서 도량과 관대함을 비롯한 모든 뛰어난 자질이 나온다.

129

불평은
늘 명성을 떨어뜨린다

절대 불평하지 말라. 불평은 늘 명성을 떨어뜨린다. 불평은 위로하는 연민보다 화나게 하는 정념을 불러일으킨다. 그리고 불평을 들은 사람은 그 사람에게 피해를 준 사람과 같은 행동을 한다. 즉, 첫 번째 사람이 자신의 피해에 대해 불평하면, 그것을 들은 두 번째 사람은 자신도 첫 번째 사람에게 피해를 줘도 된다는 구실을 얻는다. 어떤 사람들은 과거의 일을 불평함으로써 미래의 불평을 초래한다. 또한, 도움이나 위로를 구하면서 과도한 응석을 부리다가 경멸을 받는다. 차라리 자신이 받은 호의를 칭찬해 다른 사람도 그렇게 하게 만드는 편이 낫다. 하지만 부재중인 사람들이 베푼 호의를 반복해 말하는 것은 참석자들에게 같은 호의를 베풀라고 요구하는 것이나 마찬가지다. 이것은 한 사람의 명성을 다른 사람에게 파는 꼴이다. 주의 깊은 사람은 자신의 수치나 결점을 다른 사람에게 드러내지 않는다. 대신 적들을 저지하고 친구를 얻는 데 도움이 되는 장점들만 알린다.

130

훌륭한 겉모습은
내적 완벽함을 드러내는 좋은 방편이다

행하고 드러내라. 만사는 실제가 아닌, 보이는 대로 전해진다. 가치도 있고 그것을 제대로 보여줄 수 있다면, 그 가치는 배로 빛난다. 그러나 보이지 않는 것은 없는 것이나 마찬가지다. 이성도 이성적인 얼굴을 하고 있지 않으면 존중받을 수 없다. 눈치채는 사람보다 속는 사람이 훨씬 더 많다. 속임이 만연하고 만사가 겉모습으로 판단되기 때문이다. 물론, 겉모습이 실제와 꽤 다른 것도 많다. 하지만 훌륭한 겉모습은 내적인 완벽함을 드러내는 최고 방편이다.

131

고상한 정신은 충분히 복수할 기회가 있을 때 하는 행동으로 드러난다

고상한 정신. 이런 사람의 마음은 우아하고 정신은 담대하다. 그리고 고상한 행동을 하게 되면 심성이 매우 빛난다. 하지만 모두가 이런 정신을 가진 건 아니다. 이것은 관대함을 의미하기 때문이다. 이런 사람은 적에게도 좋게 말하고, 더 나은 행동을 한다. 그리고 복수할 기회가 올 때 자신의 진가를 드러낸다. 복수를 피하는 게 아니라, 승리가 코앞에 왔을 때 의외의 관용을 베풂으로써 상황을 더 좋게 만든다. 또한, 그들은 수완이 좋고 국시(國是)의 꽃이다. 그리고 절대로 승리를 과시하지 않는다. 원래 아무것도 과시하지 않는 사람이기 때문이다. 그리고 공을 세워도 그 사실을 감춘다.

132

무엇을 주는가보다 어떻게 줄까를 더 생각하라

두 번 생각하라. 늘 재검토를 요청하는 게 안전한데, 특히 확신할 수 없을 때는 더욱 그래야 한다. 그리고 허용하거나 개선해야 할 때는 시간 여유를 갖는 게 좋다. 그러면 자신의 판단을 확인하고 확증하게 하는 새로운 방법을 찾을 수 있다. 베풀어야 하는 일이 있다면, 빨리하는 것보다 지혜롭게 베풀어야 한다. 그럴 때 늘 더 귀한 선물이 되기 때문이다. 그리고 오랫동안 바란 것일수록 그 가치가 더욱 귀해진다. 만일 거절할 일이 생기면, 가장 적절한 방법으로 거절할 수 있을 때까지 시간을 가져야 한다. 첫 충동의 열기가 식고 냉정해지면 대부분 거절을 받아들이기가 더 쉬워지기 때문이다. 또한, 급하게 요청하는 사람에게는 늦게 허락하는 게 좋다. 이것은 상대방의 관심을 돌릴 수 있는 계책이다.

133

혼자 미치는 것보다 다수와 제정신인 것이 낫다

혼자 제정신인 것보다 모두와 미치는 게 낫다. 이는 정치인들이 주로 하는 말이다. 만일 모두가 미쳤다면, 아무도 미친 사람이 될 수 없다. 하지만 혼자 제정신이라면, 그들 사이에서는 미친 사람이 될 수밖에 없다. 따라서 대세를 따르는 것이 매우 중요하다. 모르거나 모르는 척하는 것이 종종 가장 높은 수준의 앎이 될 수도 있다. 사람은 남들과 살아가야 하는데, 보통 대다수가 무지하다. 따라서 혼자 살아가려면 아주 신에 가깝거나, 아니면 아주 짐승과 같아야 한다.[110] 하지만 나는 위의 말을 이렇게 고치고 싶다. 혼자 미치는 것보다 다수와 제정신인 게 낫다. 그러나 여전히 키메라[111]처럼 특이한 존재가 되려는 사람들이 있다.

110. "홀로 있을 때, 인간은 인간이 아니라 신이거나 짐승이 되어야 한다"(아리스토텔레스).
111. 그리스 신화에 나오는 기이한 짐승으로 머리는 사자, 몸통은 양, 꼬리는 뱀 또는 용의 모양을 하고 있다. 기상천외한 공상을 뜻하기도 한다.

134

인간의 연약함에 대비해 두 배의 자원을 준비하라

삶에서 필요한 자원을 두 배로 늘리라. 그러면 삶도 두 배로 살게 된다. 아무리 뛰어난 자원이라도 그것만 움켜쥐거나 의존해서는 안 된다. 모든 것 특히 성공과 호의와 취향을 얻는 원천을 두 배로 늘려야 한다. 영원한 달[112]도 끊임없이 변하는데, 부서지기 쉬운 인간 의지에 달린 것들은 얼마나 많이 변하겠는가. 따라서 이런 연약함에 대비해 예비하는 게 좋다. 이렇게 이익과 편의를 위해 필요한 자원을 두 배로 늘리는 것을 삶의 중요한 규칙으로 삼아야 한다. 가장 중요하고 위험에 많이 노출되는 수족들을 자연이 두 개씩 준 것처럼, 우리도 기술을 통해 의존할 만한 자원들을 두 배로 늘려야 한다.

---

112. 달은 인간의 변화와 불완전성을 의미하기도 한다.

135

집요함이 지나치면
어리석음과 분노만 남는다

항상 반박하려고 하지 말라. 그 안에는 어리석음과 분노가 가득하기 때문이다. 그런 마음이 생기지 않도록 지혜로워야 한다. 모든 일에서 문제를 찾아내는 건 똑똑하다는 뜻일 수 있지만, 그런 집요함 때문에 어리석음에서 벗어날 수가 없다. 이런 사람은 다정한 대화를 나누다가도 결국 자잘한 싸움을 일으킨다. 그래서 친분 없는 사람보다 가까운 사람들을 적으로 만드는 경우가 많다. 가장 맛있게 먹다가 걸리는 뼈가 가장 아픈 것처럼, 행복한 순간에 나타나는 반대가 가장 힘들다. 이런 어리석은 사람은 해로운데, 다루기 어려울 뿐만 아니라 사납기 때문이다.

136

변죽만 울리지 말고
바로 문제의 핵심으로 들어가라

문제의 핵심을 파고들라. 그래야 일을 자세히 파악할 수 있다. 많은 사람이 문제의 핵심으로 들어가지 않고, 쓸데없는 추리나 지루하고 장황한 말투로 주변을 배회한다. 그들은 주위를 빙빙 돌면서 자신뿐 아니라 다른 사람을 지치게 하고, 결국은 핵심에 이르지 못한다. 이것은 문제를 해결할 줄 모르는 혼란스러운 이해력 때문이다. 오히려 그들은 그냥 내버려두어야 하는 일에 시간과 인내심을 낭비한다. 그래서 막상 해야 할 일을 할 때는 이미 시간과 인내심이 바닥나 있다.

137

자기 취향과 생각을 뛰어넘는 사람이 없다면 자신에게 만족하라

현명한 사람은 자신에게 만족한다. 현명한 사람은 모든 것을 짊어졌고, 모든 것을 지니고 다녔다.[113] 만일 박식한 친구[114] 하나가 로마와 나머지 세계를 세우고도 남는다면, 당신도 자기 자신에게 그런 친구가 되도록 노력하라. 그러면 혼자서도 살아갈 수 있을 것이다. 자신의 취향과 생각을 뛰어넘는 사람이 없는데, 어째서 다른 사람이 필요하겠는가? 결국, 현명한 사람은 자신만을 의존할 것이다. 그리고 그렇게 신을 닮아가는 건 행운이다. 그렇게 혼자서도 살아갈 수 있는 사람은 짐승 같은 면이 하나도 없다. 그리고 여러 면에서 현명한 사람을, 모든 면에서 신을 닮아갈 것이다.[115]

---

113. 그리스 철학자 메가라파의 철학자 스틸폰(Stilpon)은 아내와 자녀, 모든 소유물을 화재로 잃은 채 폐허에서 나오면서 "나는 내 모든 소유물을 가지고 있다"라고 말했다. 또, 그리스 현자 중 하나인 프리에네의 비아스(Bias of Priene)도 "나는 내 모든 것을 지니고 다닌다"라고 했다.
114. 키케로는 로마의 정치가이자 장군인 대(大) 카토를 이런 친구라고 생각했다.
115. 누구에게도 종속되지 않는다는 의미이다.

138

현명한 의사는 처방할 때와 그대로 둘 때를 구분한다

내버려두는 기술. 특히 공적으로나 사적으로 큰 파도가 칠 때는 이 기술이 더 필요하다. 인간관계에는 마음의 회오리바람과 폭풍우가 분다. 그럴 때는 파도가 덜한 안전한 항구로 몸을 피하는 게 현명하다. 종종 치료법이 병을 악화시키기도 한다. 저쪽에서는 자연이, 이쪽에서는 도덕성이 문제를 해결하도록 두어야 한다. 현명한 의사는 처방해야 할 때와 하지 말아야 할 때를 구분해야 한다. 때로는 치료법을 쓰지 않는 것이 탁월한 기술이기 때문이다. 군중의 소용돌이를 가라앉히는 방법은 그들을 그대로 두고 스스로 가라앉게 하는 것이다. 지금 뒤로 물러서면, 나중에 승리를 얻게 된다. 샘물은 조금만 흔들려도 탁해진다. 그리고 그런 물은 간섭하지 않고 그냥 두어야 다시 맑아진다. 무질서를 바로잡는 최고의 방법은 그냥 두는 것이고, 그럴 때 스스로 진정된다.

139

모든 완벽함을 위해서는 적절한 시기를 만나야 한다

일진이 사나운 날을 파악하라. 그런 날들이 있는데, 그럴 때는 제대로 되는 일이 하나도 없다. 게임을 바꿔도 상황은 마찬가지다. 주사위를 두 번만 던져봐도 행운의 날인지 불행의 날인지 감이 오고, 그만두어야 할지, 계속해야 할지를 알 수 있다. 이해력도 변하므로 항상 현명한 사람은 없다. 편지 쓸 때처럼, 생각하는 데도 운이 따라야 한다. 모든 완벽함도 적절한 시기가 뒷받침되어야 하고, 아름다움도 늘 지속되지는 않는다. 기지마저도 과하거나 부족하면 제 뜻을 이루지 못하기도 한다. 매사에 좋은 결과를 얻으려면 때를 잘 만나는 것이 중요하다. 그래서 어떤 날에는 뭘 해도 안 되고, 또 어떤 날에는 별로 애쓰지도 않았는데도 다 잘된다. 잘되는 사람에게는 모든 것이 준비된 셈이다. 즉, 재능이 무르익었고, 기질도 조화를 이루며, 모든 행운의 별이 상승 중이다. 그럴 때는 기회를 잡아야 하고, 단 하나라도 놓쳐서는 안 된다. 그러나 현명한 사람은 한번 안 좋은 일이 있었다고 불행한 날이라고 단정하거나, 그 반대 상황이라고 해서 행운의 날이라고 단정 짓지 않는다. 전자는 불안감 때문일 수도 있고, 후자는 우연에 불과할 수도 있기 때문이다.

140

수천 개의 결점 중에서도 단 하나의 완벽함을 발견하라

매사에 좋은 점을 발견하라. 이것은 좋은 취향 때문에 얻는 장점이다. 벌은 벌집을 지으려고 단맛을 쫓고, 독사는 독을 모으기 위해 쓴맛을 쫓는다. 취향도 마찬가지인데, 어떤 사람은 최고의 것을, 또 어떤 사람은 최악의 것을 쫓는다. 모든 것에는 좋은 점이 있기 마련인데, 특히 생각할 거리가 있는 책은 더욱 그렇다. 그러나 어떤 사람은 불행을 타고났다. 천 가지 완벽함 중에서도 단 하나의 결점을 찾아내 그것을 비난하고 부풀려 떠벌리기 때문이다. 그들은 의지와 지성이 버린 쓰레기를 수집하며, 치부와 오점을 가득 모은다. 이런 일은 통찰력이 좋아서가 아닌, 분별력이 부족해 받는 형벌에 가깝다. 그들은 늘 고통에 시달리고, 불완전한 것을 양식으로 삼기 때문에 불행하게 살아간다. 반대로 더 행복한 취향을 가진 사람들도 있다. 그들은 우연한 기회에 수천 개의 결점 중에서도 단 하나의 완벽함을 발견한다.

141

지나친 자기만족은 경멸을 부른다

자기 말만 듣지는 말라.[116] 남들은 만족하게 하지 못하면서 자기만족에만 빠져 있는 건 별 도움이 안 된다. 보통 자기만족은 경멸을 부르기 마련이다. 자신에게 만족하는 사람은 다른 사람도 만족시켜야 한다. 자기 말만 하고 싶어 한다면 다른 사람의 말을 잘 들을 수 없다. 그리고 혼잣말로 떠드는 것이 미친 짓이라면, 다른 사람 앞에서 자기 말만 하는 것은 두 배로 미친 짓이다. 지팡이로 듣는 사람들을 치면서 "내 말이 맞지?", "그렇지?"라는 말을 여러 번 반복하는 것은 귀족들의 나쁜 버릇이다. 그들은 말할 때마다 상대의 동의나 아첨을 구하면서 지혜로운 사람을 괴롭힌다. 또한, 우쭐대는 사람들도 메아리처럼 자신을 뽐내고, 밑창이 두툼한 신발을 신고 거만하게 대화한다. 그들은 말할 때마다 어리석은 사람들이 내뱉는 "지당한 말씀!"이라는 역겨운 인정을 받으려고 한다.

116. 오늘날의 사전적 의미로 이해한다면, 자기만족에 깊게 빠져 있는 상태라고 볼 수 있다.

142

나쁜 무기를 들고는 제대로 복수할 수 없다

고집 때문에 나쁜 쪽에 서지는 말라. 상대가 먼저 좋은 쪽을 선택했다고 해서 나쁜 쪽을 선택해서는 안 된다. 그렇다면 이미 진 싸움을 시작하는 거고, 곧 풀이 죽어 물러서게 될 것이다. 나쁜 무기를 들고는 절대 제대로 복수할 수 없다. 먼저 좋은 쪽을 선점한 상대는 영리하고, 이와 맞서려고 뒤늦게 나쁜 쪽을 선택한 사람은 어리석다. 이런 사람들은 말보다 행동에 더 문제가 많은데, 말보다 행동이 더 위험하기 때문이다. 이렇게 고집스러운 사람은 반대로 하다 진리를 잃고, 분쟁하다가 유익을 잃는다. 지혜로운 사람은 정념이 아닌 이성의 편에 서서 먼저 좋은 쪽을 발견하거나 나중에 나쁜 쪽을 개선한다. 그런데 어리석은 상대는 고집스럽게 방향을 바꿔 반대편인 나쁜 쪽에 선다. 따라서 상대를 더 좋은 쪽에서 몰아내는 유일한 방법은 먼저 좋은 쪽을 선택하는 것이다. 그러면 어리석은 상대는 고집 때문에 좋은 쪽을 버리고 나락으로 떨어지게 될 것이다.

143

양극단에 빠지면
판단력이 흐려질 뿐이다

진부함을 피하려다 기이함에 빠지지 말라. 이런 양극단은 명성을 떨어뜨린다. 진지하게 접근하지 않은 모든 일은 일종의 어리석음에 가까워진다. 기이함도 일종의 속임수다. 처음에는 그럴듯하게 보이는데, 참신함과 짜릿한 느낌에 놀라움을 금치 못한다. 하지만 나중에 그 거짓이 드러나면, 심한 치욕을 당한다. 이것은 일종의 감언이설인데, 정치적 사안에서 이런 쪽을 따른다면 국가의 파멸을 초래할 수도 있다. 보통 미덕을 통해 훌륭한 일을 할 능력이 없거나 감히 그럴 용기가 없는 자가 이런 기이함에 빠진다. 어리석은 사람은 이것을 보고 놀라지만, 지혜로운 사람은 진실을 말한다. 기이함에 빠지면 판단력이 흐려지고, 지혜로움과 정반대가 된다. 그것이 때때로 전부 거짓은 아니더라도, 최소한 불확실함에 기초하므로 중요한 일을 큰 위험에 빠뜨린다.

144

타인의 의지를 끌어오기 위해 위장한 이익을 보여줘라

자기 문제를 들고 나가려면, 남의 문제를 들고 들어오라. 이것이 원하는 것을 얻는 전략이다. 기독교 교사들도 천국에 관한 일에서 이 거룩한 기술을 권한다. 이는 일종의 중요한 위장술인데, 위장한 이익이 다른 사람의 의지를 끌어들이는 미끼가 되기 때문이다. 마치 남의 뜻을 이루기 위해 길을 열어주는 것처럼 보이지만, 실제로는 자기 계획을 이루기 위한 일이다. 하지만 무질서와 위험이 도사리고 있을 때는 절대 들어가면 안 된다. 그리고 보통 첫마디가 부정적인 사람들에게는 의도를 숨기는 편이 낫다. 그들에게는 승낙해도 괜찮은 일이라는 생각이 들게 해야 하기 때문이다. 따라서 특히 그들의 반감이 감지될 때는 더 조심해야 한다. 이 조언은 숨겨진 의도와 관련 있는데, 이 모든 것은 지혜의 진수이다.[117]

---

117. 여기서 '지혜'로 옮긴 원어 utileza(우틸레사)는 영어로는 subtlety이다. 단어 뜻으로 보면 미묘함/섬세함이지만, 작가는 이 단어를 '지혜'와 일맥상통하는 단어로 많이 쓰고 있어서, 전체 글의 흐름에 맞게 '지혜'로 옮겼다. "숨겨진"이 "미묘함"과 어울리기도 하므로 문장의 뉘앙스를 파악하는 데 참고하라.

145

지혜로운 사람은 자기 약점을 보이지 않는다

다친 손가락은 보여주지 말라. 그러면 모두가 그것을 건드리려고 하기 때문이다. 그리고 다쳤다고 불평하지도 말라. 악의는 항상 우리를 아프게 하거나 약하게 만드는 데 집중하기 때문이다. 화를 내는 것도 다른 사람에게 놀리도록 부추길 뿐, 전혀 도움이 되지 않는다. 악의는 늘 드러낼 만한 결함이 없는지 찾으러 다닌다. 그리고 고통을 찾기 위해 악의적인 암시를 던지며, 결점을 발견할 때까지 수많은 방법을 사용할 것이다. 그러나 지혜로운 사람은 개인적 결점이든 유전적 결점이든 모른 척하고 절대 드러내지 않는다. 때로는 운명까지도 가장 아플 만한 곳을 찾아 상처 주기를 즐기기 때문이다. 게다가 항상 생살을 찌른다. 따라서 고통을 주거나 기쁨을 주는 것을 겉으로 드러내서는 안 된다. 그래야 전자는 멈추고 후자는 지속할 수 있다.

146

피상적인 사람들은 속임수에 빨리 넘어간다

내면을 살펴보라. 보통 사물은 눈에 보이는 것과 매우 다르다. 껍질 속으로 들어가지 못하면 무지하지만, 안으로 들어가면 진리가 드러난다. 거짓은 늘 모든 일에 가장 먼저 와서, 어리석은 사람을 계속 피상적인 것에 머물게 한다. 진리는 늘 마지막에 늦게 도착하는데, 시간과 함께 절뚝거리며 온다. 지혜로운 사람은 모두의 어머니가 현명하게 두 배로 만들어준 능력 중 절반은 비축해둔다.[118] 속임수는 매우 피상적이고, 피상적인 사람들은 빨리 속는다. 반면 올바름은 현명하고 신중한 사람들에게 더 높은 평가를 받기 위해 내면에 숨어 있다.

---

118. 모두의 어머니인 자연은 제대로 많이 듣도록 귀를 두 개씩 주었고, 말로 실수하지 않도록 입은 하나만 주었다.

147

조언이 필요하지 않을 만큼 완벽한 사람은 없다

다가가기 어려운 사람이 되지 말라. 조언이 전혀 필요하지 않을 만큼 완벽한 사람은 없다. 남의 말을 듣지 않는 자는 구제불능 멍청이다. 가장 뛰어난 사람이라도 친절한 조언에 귀 기울여야 하고, 군주라도 다른 사람에게 배워야 한다.[119] 아무도 다가갈 수 없어 고칠 기회를 얻지 못하고, 아무도 막지 못해 신세를 망치는 사람들이 있다. 가장 완벽한 사람이라도 우정의 문 정도는 열어두어야 한다. 그 문을 통해 도움이 들어오기 때문이다. 그리고 친구끼리는 부담 없이 조언하고 책망할 수 있어야 한다. 이것은 친구의 충실하고 지혜로운 의견이 만족을 주기 때문에 가능한 일이다. 하지만 모두를 존경하고 신뢰할 필요는 없다. 단, 지혜라는 비밀의 방에는 의지할 수 있고 실수를 바로잡도록 평가해주는 친구라는 믿음직한 거울을 두어야 한다.

---

119. 전통적인 군주 교육에 관한 내용을 보면 군주가 주변 현자들의 조언에 주의를 기울여야 한다고 강조한다.

148

말할 때는 유창함보다는 신중함이 더 중요하다

대화의 기술을 갖추라. 대화의 기술은 온전한 사람 됨을 드러내는 척도다. 대화는 인간의 모든 삶의 행위 중 가장 일상적인 행위이기 때문에, 가장 큰 주의가 요구된다. 또한, 이것은 일의 성패를 좌우한다. 생각하고 글로 적는 대화인 편지를 쓸 때도 신중해야 하는데, 신중함이 곧장 드러나는 일상 대화에서는 얼마나 더 조심해야 하겠는가! 노련한 사람들은 말을 통해 영혼의 맥을 짚는다. 그래서 그 현자[120]도 "내가 너를 알길 원한다면, 나에게 말을 하라"라고 했다. 어떤 사람들에 따르면, 진정한 대화의 기술은 기술을 부리지 않는 것이다. 그리고 친한 친구 사이라면 대화가 옷을 입는 것만큼 수월해야 한다. 하지만 존경하는 사람과 나누는 대화는 더 내실 있어야 하고, 말하는 사람의 본질이 많이 드러나야 한다. 그러려면 상대의 기질과 재능에 맞게 대화해야 한다. 그리고 말을 검열하지 말아야 한다. 문법학자처럼 보이거나, 이성의 검사로 여겨지기 때문이다. 만일 그렇게 하면 사람들이 피하고, 대화는 방해받게 된다. 따라서 말할 때는 유창함보다는 신중함이 더 중요하다.

---

120. 소크라테스를 가리킨다.

149

희생양을 두는 것도 갖춰야 할 능력이다

다른 사람에게 나쁜 일을 넘길 줄 알라. 악의를 막아줄 방패를 지니는 일은 통치자의 훌륭한 책략에 속한다. 실패에 대한 비난과 험담이라는 대중의 벌을 대신 받을 사람을 곁에 두는 것은 악의가 생각하듯 무능력이 아니며, 오히려 뛰어난 능력이다. 모든 일이 다 잘될 수는 없고, 모든 사람을 다 만족시킬 수도 없다. 그러므로 자기 의욕이 좀 꺾이더라도, 불행의 표적이자 잘못을 책임질 희생양을 곁에 두어야 한다.

150

자기 가치를 입증하는 방법을 배우라

자기 것을 제대로 팔 줄 알라. 탄탄한 내실을 갖추었다고 다 팔 수 있는 게 아니다. 모두가 사기 전에 내용을 따져보거나, 안을 들여다보는 건 아니기 때문이다. 대부분은 남이 사러 가는 걸 보고 우르르 몰려간다. 따라서 자기 가치를 입증할 줄 아는 건 훌륭한 기술이다. 때로는 칭찬을 통해 그 가치를 보여줄 수 있다. 그것은 듣는 상대방에게 갖고 싶은 욕구를 불러일으키기 때문이다. 또 어떨 때는 멋진 이름을 붙여줄 수도 있다.[121] 이것은 가치를 높이는 훌륭한 방법이기 때문이다. 단, 이럴 때는 절대 과장하지 말아야 한다. 또한, 전문가들에게만 판다고 알리는 것도 일반적인 유인책이다. 모든 사람은 스스로 전문가라고 생각하기 때문이다. 그리고 만일 전문가가 아니라고 생각하더라도, 그 결핍이 전문가가 되고 싶은 욕구를 자극할 것이기 때문이다. 반대로 제 것을 사기 쉽거나 평범한 것으로 값을 매겨서는 안 된다. 그렇게 하면 사람들이 쉽게 사러 오지 않고, 뻔한 것으로 치부할 수 있기 때문이다. 사람은 재능뿐 아니라 취향에서도 더 탐나고 특이한 것을 쫓기 마련이다.

---

121. 일이나 행동에 가치를 부여하는 아름다운 이름을 붙이는 것을 뜻한다.

151

준비된 사람에게는 위험한 일이 벌어지지 않는다

미리 생각하라. 오늘 내일과 앞으로 다가올 날을 미리 생각해야 한다. 가장 큰 선견지명은[122] 미래를 위한 진지한 시간에서 나온다. 예방하는 사람들에게는 유감스럽고 우발적인 사건이 일어나지 않고, 준비된 사람에게는 위험한 일이 벌어지지 않는다. 따라서 어려움이 생길 때까지 기다리지 말고 미리 생각해야 한다. 사려 깊은 생각 속에서 가장 혹독한 어려움을 미리 준비해야 한다. 베개[123]는 말 못하는 시불라[124]이다. 그리고 밤에 미리 문제를 생각하는 것이 문제가 터진 후에 잠 못 이루는 것보다 낫다. 어떤 사람들은 먼저 행동하고 나서 생각한다. 이런 사람은 결과보다 핑곗거리를 찾는다. 또 전후를 전혀 생각하지 않는 사람들도 있다. 사람은 평생 올바른 길을 찾아가기 위해 생각하며 살아야 한다. 다시 생각하고 미리 생각하면 앞서 살아갈[125] 자유의지를 갖게 된다.

---

122. 목적을 이루기 위한 신중한 성찰을 말한다.
123. "베개와 상의한다"라는 표현이 있는데, 이는 "밤에 생각한 후에 결정한다" 즉, 심사숙고한다는 뜻이다.
124. 시불라(시빌레)는 그리스 신화를 비롯하여 여러 신화에 나오는 무녀 또는 예언자이다.
125. 그다음에 해야 할 일을 생각하며 살아간다는 의미이다.

152

나를 더 빛나게 해주는 사람과 동행하라

빛을 가리는 사람과는 절대 함께하지 말라. 당신의 빛을 많이 가리는 사람과는 어울림을 줄여나가야 한다. 뛰어난 사람일수록 명성이 높아진다. 그런 사람은 늘 주연을 맡고, 아닌 사람은 조연을 맡는다. 그런데 후자가 조금이라도 명성을 얻는다면, 그것은 전자가 받고 남은 것 덕분이다. 달은 별들 사이에서 홀로 밝게 빛난다. 하지만 해가 뜨면 더는 빛나지 않거나 사라진다. 따라서 빛을 가리는 사람이 아닌, 더 멋지게 빛나게 해주는 사람과 함께해야 한다. 마르티알리스[126]의 시에 등장하는 현명한 파불라도 이런 방법으로 아름답게 보일 수 있었다. 즉, 그녀는 못생기고 단정치 못한 하녀들과 함께 있어서 빼어나 보였다. 그렇다고 더 떨어지거나 나쁜 사람들과 함께하다가 위험에 빠져서는 안 된다. 또한, 다른 사람을 높이다가 자기 평판을 떨어뜨려서도 안 된다. 따라서 발전하는 중이라면 뛰어난 사람들과 함께하고, 이미 그 경지에 올랐다면 평범한 사람들과 함께하라.

---

126. 마르쿠스 발레리우스 마르티알리스(Marcus Valerius Martialis): 에스파냐 출신의 고대 로마의 시인으로 그가 쓴 작품 14권은 모든 인간의 통속성에 대해 풍자하고 있다.

153

전임자의 평판을 넘어서려면 당신의 가치는 두 배가 되어야 한다

중요한 빈자리를 메우러 들어가는 일을 피하라. 그래도 들어가려면, 반드시 전임자를 능가해야 한다. 전임자에 필적하려면 당신의 가치는 두 배가 되어야 한다. 전임자보다 당신을 선호하게 만드는 건 훌륭한 계책이다. 그리고 전임자의 빛에 가려지지 않으려면 명민해야 한다. 중요한 빈자리를 메우는 일은 쉽지 않다. 지나간 것이 늘 더 좋아 보이기 때문이다. 전임자와 같은 수준인 상태로는 부족한 법인데, 이전 사람이 늘 유리하기 때문이다. 따라서 전임자의 뛰어난 평판을 넘어서려면 추가로 탁월한 능력이 필요하다.

ORACULO MANUAL Y ARTE
DE PRUDENCIA

5부

지혜는 내면의 절제에서 나온다

내면

154

쉽게 믿는 사람은 금방 수치를 당한다

쉽게 믿지도, 사랑하지도 말라. 쉽게 믿지 않음은 판단력이 성숙했다는 뜻이다. 거짓말이 너무 흔하므로 믿는 일 자체가 특별한 일이 되어야 한다.[127] 쉽게 믿는 사람은 금방 수치를 당한다. 그렇다고 다른 사람이 주는 신뢰를 공개적으로 의심해서도 안 된다. 그런 무례함은 모욕으로 이어지고, 그들을 속이는 사람이나 다른 사람에게 속아 넘어간 사람으로 취급하는 것이기 때문이다. 하지만 그보다 안 좋은 이유가 있는데, 남을 믿지 않는다는 것은 거짓말쟁이임을 보여주는 징표라는 점이다. 그리고 그런 사람은 다른 사람을 믿지 않고, 다른 사람도 그를 믿지 않는다는 두 가지 결점을 드러낸다. 그러므로 말을 들었다면 판단을 유보하는 게 지혜로운 처사다. 어느 작가는 믿음에 대해 말하면서 "쉽게 사랑에 빠지는 것은 일종의 경솔함이다"[128]라고 했다. 만일 거짓말을 한다면, 행동도 거짓이라는 뜻이다. 또한, 말보다는 행동으로 속이는 게 결과적으로는 훨씬 더 해롭다.

---

127. "더 많이 알고 더 많이 본 사람은 조금 덜 믿고 신뢰도 줄인다. 추측이나 실천, 경험이 더 신중하게 만들기 때문이다"(사베드라 파하르도[Saavedra Fajardo], 스페인 외교관이자 문인).
128. 고대 로마의 정치가이자 작가인 키케로는 사랑하기 전에 그 사람을 먼저 알라고 조언했다.

155

제때 분노하고 제대로 멈출 줄 알아야 한다

정념을 제어하는 기술. 가능하면 지혜로운 성찰을 통해 충동적인 어리석음을 미리 막아야 한다. 지혜로운 사람에게 이 일은 별로 어렵지 않다. 정념이 일어날 때 가장 먼저 할 일은 스스로 정념에 사로잡혔음을 알아차리는 것이다. 그럴 때 감정이 다스려지기 시작한다. 어느 정도까지 화를 내야 하는지 가늠해보고, 더는 화를 내지 말라. 분노는 아주 신중하게 들어가고 나가게 해야 한다. 그리고 분노는 제때 그리고 제대로 멈출 줄 알아야 한다. 달릴 때 가장 어려운 일은 멈추는 것이다. 현명함의 위대한 증거는 광기가 절정에 다다랐을 때 제정신을 유지하는 데 있다. 과도한 정념은 당신을 이성에서 벗어나게 만든다. 하지만 매우 주의한다면 정념이 이성을 짓밟지 않고, 양식(良識)[129]의 선도 넘지 않을 것이다. 정념을 제어하려면 늘 주의력의 고삐를 꽉 붙잡고 있어야 한다. 그러면 말을 타고도 신중한 최초이자 마지막 사람[130]이 될 것이다.

---

129. 각주 27 참조.
130. 스페인 속담에 이런 말이 있다. "말을 타고도 신중하거나, 담즙질이면서 판단력 있는 사람은 없다."

156

우연에 의지해 친구를 사귀지 말라

친구를 잘 선택하라. 친구는 신중함의 시험을 통과하고 행운의 검증을 받으며, 의지력뿐 아니라 이해력으로도 인정받은 사람이어야 한다. 이것은 인생의 성공을 좌우할 정도로 매우 중요한데도, 사람들은 별로 신경 쓰지 않는다. 어떤 사람은 노력해서 친구를 사귀지만, 대부분은 우연히 친구를 사귄다. 어떤 친구들과 어울리는지를 보면 그 사람을 알 수 있다. 현명한 사람은 절대 어리석은 사람들과 어울리지 않기 때문이다. 하지만 즐겁게 어울린다고 친밀한 관계라고 단정 지을 수는 없다. 그 사람의 능력을 신뢰하기보다는 단지 재미있어서 그럴 수 있기 때문이다. 어떤 우정은 진짜이고, 어떤 우정은 가짜다. 전자를 통해서는 많은 이로움을 얻고, 후자를 통해서는 쾌락을 얻는다. 사람 됨을 보고 사귀는 친구는 적고, 조건을 보고 사귀는 친구는 많다. 하지만 친구의 뛰어난 판단력은 남들의 선의보다 더 유익하다. 따라서 친구를 사귀는 일을 우연에 맡기지 말고, 스스로 잘 선택해야 한다. 현명한 친구는 고통을 면하게 하지만, 어리석은 친구는 고통을 일으키기 때문이다. 단, 친구들을 잃고 싶지 않다면, 그들에게 너무 많은 행운을 빌어주지는 말라.

157

위대한 철학만이 사람의 기질을 꿰뚫어 파악한다

사람들에게 속지 말라. 이것은 속임 중에 가장 최악이면서도 가장 흔하게 일어난다. 상품보다는 가격에 속는 편이 낫다. 여기에서 가장 필요한 것은 내면을 들여다보는 일이다. 또한, 사물을 아는 것과 사람을 아는 것은 다르다. 사람의 기질을 꿰뚫고 기분을 파악하는 일은 위대한 철학이다. 따라서 책처럼 사람도 깊이 연구해야 한다.

158

좋은 친구가 될 수 있는 사람은 원래 적다

친구들을 이용할 줄 알라. 그러려면 잘 분별하는 기술이 필요하다. 어떤 친구는 멀리 있는 게 좋고, 어떤 친구는 가까이 있는 게 좋다. 그리고 어떤 친구는 대화 상대로는 별로지만, 편지를 주고받기에는 좋다. 멀리 있으면 가까이 있을 때 참을 수 없는 결점들이 가려진다. 친구를 통해서는 즐거움뿐만 아니라, 유용함도 얻어야 한다. 친구에게는 선(善)의 세 가지 특징인 연합과 선함, 참됨이 있어야 한다. 친구는 모든 면에서 전부인 존재이기 때문이다. 좋은 친구가 될 수 있는 사람은 원래 적다. 그런데 그런 친구를 선택할 줄 몰라서 더 적어진다. 우정을 유지하는 일은 친구를 사귀는 것보다 더 중요하다. 오래 갈 수 있는 친구를 찾아야 한다. 처음에는 낯설겠지만, 나중에는 함께 나이 들어간다는 사실만으로 충분히 만족스럽다. 가장 좋은 친구는 소금기가 많은 사람이다.[131] 비록 그렇게 하기까지는 상당한 노력이 들지만 말이다. 친구 없는 삶은 사막과도 같다. 우정 때문에 행복은 배가 되고, 불행은 반이 된다. 따라서 우정은 불행을 막는 유일한 해결책이자 영혼의 휴식이다.

---

131. "우정이 무엇인지 제대로 알려면 여러 포대의 소금을 함께 먹어 보아야 한다"(키케로).

159

삶의 가장 중요한 규칙은 참을 줄 아는 것이다

어리석은 사람들을 인내할 줄 알라. 현명한 사람은 늘 참을성이 약한데, 지식이 많아질수록 조급해지기 때문이다. 아는 게 많아지면 만족하기가 어렵다. 에픽테토스에 따르면, 삶의 가장 중요한 규칙은 참을 줄 아는 것이고, 이것은 지혜[132]의 절반에 해당한다. 모든 어리석음을 참으려면 많은 인내가 필요하다. 때때로 가장 많이 의지하는 사람들을 가장 많이 참아야 한다. 이것은 자신을 이기는 훈련에서 중요하다. 참을 때 비로소 귀중한 평화가 생기는데, 이는 땅에서 누리는 행복이다. 하지만 잘 참지 못하는 사람은 자기 안으로 피하는 게 낫다. 단, 자기 자신은 견딜 수 있어야 한다.

---

132. 에픽테토스는 스토아학파 철학자로 여기에서 말하는 지혜는 스토아학파의 표어인 "참아라. 그리고 절제하라"를 의미한다.

160

말하기 전에는 늘 시간이 있지만
말하고 나면 되돌릴 시간이 없다

말할 때 주의하라. 경쟁자와 말할 때는 신중하도록 주의하고, 다른 사람과 말할 때는 예의를 지키도록 주의해야 한다. 말하기 전에는 늘 시간이 있지만, 말하고 나면 되돌릴 시간이 없기 때문이다. 따라서 말할 때는 마치 유언을 남기듯 해야 한다. 말이 줄면 싸움도 준다. 따라서 하찮은 말을 할 때도 중요한 말을 할 때를 대비하여 주의해야 한다. 깊이 간직한 비밀에는 신성한 빛이 돈다. 경솔하게 말하는 사람은 곧 넘어지거나 패한다.

161

결점은
완벽함을 가리는 오점이다

사소한 결점들을 파악하라. 가장 완벽한 사람이라도 결점을 피할 수는 없다. 그 결점들과 결혼 상태 혹은 내연관계에 있다. 재능에도 결점이 있는데, 재능이 클수록 결점도 크고 눈에 더 잘 띈다. 이것은 스스로 자기 결점을 몰라서가 아니라, 그것을 사랑하기 때문이다. 결점인 줄 알면서도 거기에 지나치게 열중하는 것은 배로 나쁘다. 결점은 완벽함을 가리는 오점이다. 자기 눈에는 그것이 좋아 보여도 다른 사람은 기분이 상한다. 이런 점에서 용기 있는 자는 자기 자신을 극복하고 더 많은 탁월함을 발휘한다. 모든 사람은 남의 결점을 찾아낸다. 감탄할 만한 좋은 것을 칭찬해야 할 때는 가만히 있다가 탁월함 속에서 결점을 끄집어내 비난한다.

162

상대의 성공을 품어 자신의 독으로 만들어라

경쟁자[133]와 악인을 이기는 법을 알라. 그들을 경멸하는 것은 지혜로운 태도지만, 이것만으로는 그들을 이기는 데 별 도움이 안 된다. 그럴 바에는 차라리 그들에게 정중한 편이 낫다. 비방하는 사람에 대해 좋게 말하는 사람은 칭찬받아 마땅하다. 또한, 장점과 탁월한 재능으로 하는 복수만큼 훌륭한 복수는 없다. 이것은 시기하는 경쟁자에게 고통을 주기 때문이다. 모든 성공은 악의를 품은 사람의 사지를 밧줄로 조이는데,[134] 성공한 사람의 영광이 곧 경쟁자에게는 지옥이기 때문이다. 이것이 가장 큰 형벌인데, 상대의 성공을 품어 자신의 독으로 만들기 때문이다. 시기하는 사람은 한 번 죽는 게 아니라, 그 상대가 박수갈채를 들을 때마다 죽는다. 시기를 받는 사람의 지속적인 명성은 시기하는 경쟁자에게는 영원한 형벌이다. 따라서 전자는 영원한 영광 속에 살고, 후자는 영원한 고통 속에 산다. 명성의 나팔은 전자에게 불후의 명성을 알리고, 후자에게는 시기심에 따른 교수형을 선고한다.

---

133. 다른 사람의 미덕과 훌륭한 행동을 본받으려는 경쟁은 미덕이지만, 여기서 말하는 경쟁은 다른 사람을 부러워하면서 나쁜 점만 보는 사악한 시기심을 뜻한다.
134. 당시에는 밧줄을 이용해 사지를 꽉 조이는 형벌이 있었다.

163

불행한 사람들과 어울리는 일이 지혜로운 모습은 아니다

불행한 사람을 동정하다가 자기 불행을 자초하지 말라. 어떤 사람에게는 불행인 일이 다른 사람에게는 행운이 되는 경우가 있다. 남들이 불행하지 않고는 그 누구도 행복해질 수 없기 때문이다. 불행한 사람은 종종 사람들의 호의를 얻는다. 사람들은 쓸데없는 호의로 그 사람의 불행을 보상하려고 한다. 번영할 때는 모두의 미움을 받다가 역경을 당할 때 모두의 동정을 받는 경우도 종종 있다. 높은 자리에 있던 사람들도 몰락하면 그들에게 향하던 복수심이 동정심으로 변하기도 한다. 그러나 지혜로운 사람은 이렇게 운이 뒤섞이는 상황에 주의를 기울인다. 한편, 항상 불행한 사람들과 어울리는 사람들도 있다. 그들에게 행운이 따랐던 어제는 피했다가, 불행해진 오늘은 함께 간다. 물론 이것은 그들의 고귀한 품성을 드러내지만, 지혜로운 모습은 아니다.

164

큰 뜻을 품되
작게 시험하라

내용 일부를 널리 퍼뜨리라. 이렇게 하면 일에 대한 사람들의 반응을 점검해볼 수 있다. 또한, 특히 일의 성공과 호응이 어느 정도일지 추측할 때도 도움이 된다. 이것으로 하는 일이 잘될지를 확신하는 데 사용하거나, 그 일을 계속할지 그만둘지를 결정하라. 지혜로운 사람은 다른 사람의 뜻을 살핌으로써 어디에 발을 디뎌야 할지를 파악한다. 이것은 무언가를 요구하거나 바라고 지배할 때 필요한 최고의 예방책이다.

165

바른 사람은
금지된 무기를 사용하지 않는다

정정당당하게 싸우라. 지혜로운 사람이라도 싸워야 할 때가 있는데, 지저분한 방법으로 싸워서는 안 된다. 남들이 요구하는 방식이 아닌, 자기 본래 모습대로 행동해야 한다. 적에게 베푸는 관대함은 칭찬받을 만한 행동이다. 승리하기 위해서는 우월한 힘뿐만 아니라, 우월한 방식으로도 싸워야 한다. 비열한 방법으로 이기는 것은 승리가 아니라 오히려 굴욕이다. 따라서 관대함은 항상 우월하다. 올바른 사람은 절대 금지된 무기를 사용하지 않는다. 예를 들어, 증오심이 생긴다고 막 끝난 우정을 이용해서는 안 된다. 이것은 상대의 신뢰를 이용해 복수하려는 것이나 마찬가지다. 배신의 냄새가 나는 것은 전부 명성에 흠집을 낸다. 명예로운 사람은 아주 작은 비열함의 흔적도 거부한다. 고상함과 비열함은 서로 멀리 떨어져 있어야 한다. 세상에서는 정중함과 관대함, 신의가 사라졌다고 해도 당신 가슴속에서는 그것을 찾을 수 있다고 자랑할 수 있어야 한다.

166

말만 하는 사람은
바람과 같이 허무하다

말만 하는 사람과 행동하는 사람을 구별하라. 이는 다양한 친구와 사람, 일을 구별하는 것만큼 정확성이 요구되는 일이다. 나쁜 말은 설령 나쁜 행동으로 이어지지 않더라도 좋지 않다. 하지만 좋은 말을 하면서 나쁜 행동을 하는 건 더 나쁘다. 그 누구도 말만으로 살 수는 없는데, 그것은 바람과 같기 때문이다. 그리고 예의만 차리면서 살 수도 없는데, 그것은 공손한 속임수이기 때문이다. 빛을 이용해 새를 잡는 것이야말로 진짜 현혹[135]이다. 하지만 우쭐하는 사람은 바람 같은 말에도 만족한다. 가치 있는 말이 되려면 행동이 따라야 한다. 잎만 무성하고 열매 없는 나무들은 대체로 속이 비어 있다. 따라서 어떤 나무가 열매를 주고, 어떤 나무가 그늘만 주는지를 구별할 수 있어야 한다.

---

135. 본래 이 단어의 뜻은 사람들 앞에 등불이나 촛불을 두어 눈부시게 만드는 것이었다. 여기에서는 비유적으로 거짓된 모습이나 혼란스러운 지식으로 속이는 것을 의미한다.

167

작은 어려움부터 스스로 감당한다면 자기 운명까지 다스릴 수 있다

스스로 극복할 줄 알라. 큰 위기를 만났을 때는 굳센 마음만큼 좋은 동반자는 없다. 그러다가 마음이 약해지면, 주변의 도움을 받아야 한다. 스스로 극복할 줄 알면 조바심이 줄어든다. 운명에 굴하지 말아야 한다. 그렇지 않으면 운명은 걷잡을 수 없는 상황이 된다. 어떤 사람들은 어려움 속에서 스스로 극복하려고 하지 않고, 어찌 감당해야 할지 몰라 고난을 배가시킨다. 자기 자신을 잘 아는 사람은 숙고를 통해 약점을 극복한다. 그리고 지혜로운 사람은 별들[136]까지도 정복한다.

136. 운명을 암시한다.

168

정신 기형과
부조화를 특히 부끄러워하라

어리석은 괴물이 되지 말라. 이런 괴물은 허영심 가득하고 우쭐거리며, 고집불통에 변덕스럽고, 자기애가 강하며, 터무니없고, 자주 우스운 표정을 짓고, 우스꽝스러우며, 꾸며낸 이야기를 좋아하며, 모순적이며, 편집적인 모습을 보이는 등 온갖 부류의 신중하지 못한 사람들이다. 즉, 그들은 무례한 괴물들이다. 이런 정신 기형은 몸 기형보다 더 기괴하다. 높은 수준의 아름다움과는 어울리지 않기 때문이다. 하지만 그 많은 부조화를 과연 누가 바로잡을 것인가? 양식(良識)이 없으면 올바른 방향을 잡을 수 없다. 그리고 이런 사람은 조소를 받을 때 진지하게 생각하지 않고, 오히려 그것을 박수갈채로 착각한다.

169

모든 성공을 합쳐도 작은 잘못 하나를 숨기지는 못한다

백번 잘하기보다는 한 번 실수하지 않도록 주의하라. 빛나는 태양을 똑바로 바라볼 수 있는 사람은 아무도 없다. 하지만 빛이 사그라지면 누구나 쳐다볼 수 있다. 대중은 잘한 것보다는 잘못한 것을 말한다.[137] 그리고 험담하는 악인은 칭찬하는 선인보다 더 많이 알려진다. 많은 사람이 실수를 저지른 후에야 주목을 받았다. 모든 성공을 합쳐도 작은 잘못 하나를 숨기지는 못한다. 따라서 명심해야 할 것이 있다. 악의가 있는 사람은 남의 실수는 다 드러내도, 잘한 일은 하나도 인정하지 않는다는 점이다.

---

137. 원어 그대로 하면 "명중한 것보다는 과녁에 빗나간 것에 대해서 말한다"라는 의미인데, 작가는 이 단어들을 '성공과 실패'를 대조하는 데 자주 사용했다.

170

모든 힘을 한번에 다 사용하지는 말라

매사에 예비해두라. 그래야 자신의 중요성이 보장된다. 모든 능력을 다 사용하거나, 매번 온 힘을 쏟아서는 안 된다. 지식이 있어도 그것을 아껴두면, 그 완벽함은 배가 된다. 일이 잘못될 때 어려움에서 빠져나오려면 항상 도움을 구할 뭔가가 있어야 한다. 예비군은 공격군보다 더 많은 일을 하는데, 용기와 명예를 바탕으로 하기 때문이다. 지혜로운 사람의 행동은 위험 요소 없이 확실하다. 이런 점에서 "절반이 전체보다 크다"라는 이상한 역설은 사실이 된다.

171

가장 위험할 때를 대비해 보관해둔 큰 닻이 있어야 한다

호의를 낭비하지 말라. 소중한 친구들은 소중한 기회를 위해 존재한다. 따라서 그들의 신뢰가 사소한 일에 사용되어서는 안 된다. 그것은 그들의 호의를 낭비하는 꼴이다. 큰 닻은 늘 가장 위험할 때를 대비해 보관해두어야 한다. 별거 아닌 일에 중요한 것을 낭비하면, 나중에는 뭐가 남겠는가? 호의를 베푸는 사람만큼 귀한 이들은 없다. 그리고 오늘날에는 그것이 무엇보다도 소중하다. 이런 호의가 세상을 세우거나 망가뜨릴 수 있고, 심지어 재능도 주거나 빼앗을 수 있다. 천부적 재능과 명성은 현명한 사람들에게 호의적이지만, 행운은 그들을 시기한다. 따라서 재물보다는 호의를 베푸는 사람들을 지키는 게 더 중요하다.

172

명예를 얻는 데는 수십 년이 걸리지만 사소한 일로 한순간에 잃을 수도 있다

잃을 게 없는 사람과는 싸우지 말라. 그것은 이미 기운 싸움이다. 그런 사람은 수치심마저 잃어버렸기 때문에 아무런 거리낌 없이 싸움을 시작한다. 즉, 모든 걸 잃어 더는 잃을 게 없고, 그래서 온갖 무례한 행동을 한다. 따라서 그런 끔찍한 위험에 가장 소중한 자신의 명예를 내놓아서는 안 된다. 그것을 얻는 데는 수년이 걸렸어도, 사소한 일로 한순간에 잃어버릴 수 있기 때문이다. 한 번의 수모가 수많은 빛나는 노력을 얼어붙게 한다. 많은 책임을 진 사람은 잃을 게 많아서 신중하다. 이런 사람은 자기 명성을 보면서, 남의 명성도 지켜본다. 그리고 싸울 때 조심하는 것처럼 행동할 때 신중하다. 지혜롭게 시간을 벌면서 적절한 때 물러서고 명예를 안전하게 지킨다. 혹여 만일 승리한다고 해도 자초해서 잃어버린 명예는 되찾을 수 없기 때문이다.

173

유리처럼 깨지기 쉬운 사람이 되지 말라

교제할 때 유리[138] 같아서는 안 된다. 친구 관계에서는 더 조심해야 한다. 어떤 사람은 쉽게 깨짐으로써 자신이 얼마나 연약한지를 드러낸다. 이런 사람은 자기 안에 모욕을 채우고, 다른 사람들 안에 분노를 채운다. 그들의 성격은 두 눈보다 더 약해서, 농담으로든 진담으로든 그들을 건드려서는 안 된다. 모욕이 아닌 아주 작은 것에도 불쾌해하기 때문이다. 따라서 그들과 교제할 때는 특별히 주의를 기울여야 하고, 그런 연약함을 잊어서는 안 된다. 그들은 아주 사소한 일에 화가 날 수 있으므로, 그들의 기분을 잘 살펴야 한다. 그들은 대부분 매우 이기적이고, 기분의 노예가 되어 모든 것을 짓밟을 수 있다. 그리고 자기 체면을 우상처럼 섬긴다. 반대로 다른 사람을 사랑하는 사람은 다이아몬드처럼 오래 잘 참는다.

138. 매우 다루기 어렵거나 쉽게 화를 내는 사람을 뜻한다.

174

지식의 갈망이 있더라도 모르는 게 나은 지식은 절제하여야 한다

조급하게 살지 말라. 일을 분배할 줄 안다는 것은 즐길 줄 안다는 뜻이다. 많은 사람은 삶이 한참 남았는데도 행운이 빨리 끝난다. 그들은 행운을 즐길 때를 놓쳐서 제대로 즐기지 못하고, 한참 지난 후에야 예전으로 돌아가고 싶어 한다. 이들의 삶을 끄는 마부들은 성격이 급해서 보통 시간보다 더 빨리 간다. 그들은 평생 소화해도 힘든 양을 하루 만에 삼키려고 애쓴다. 그들은 행운을 미리 누리고, 다가올 세월도 미리 먹어 치운다. 그렇게 서두른 결과, 모든 것이 빨리 끝나버린다. 지식의 갈망이 있더라도 모르는 게 나은 지식은 절제함으로써 얻지 말아야 한다. 행운의 날보다는 평범하게 살아갈 날이 더 많다. 따라서 즐길 때는 천천히, 일할 때는 서둘러야 한다. 일이 끝나는 건 좋지만, 즐거움이 끝나는 건 좋지 않기 때문이다.

175

내실이 없는데
높은 자리에 오르는 건 불행이다

내실 있는 사람. 이런 사람은 그렇지 않은 사람에게 만족하지 못한다. 내실이 없는데 높은 자리에 오르는 건 불행이다. 온전해 보인다고 해서 모두 다 온전한 건 아니다. 망상을 잉태하고 속임수를 낳는 가짜들도 있다. 또, 그들과 비슷하게 속임수를 부추기는 사람들도 있다. 그들은 소수의 진리가 보장하는 확실함보다 다수의 거짓이 주는 불확실함을 선호한다. 하지만 그들의 변덕은 온전함을 바탕으로 하지 않기에 끝이 좋지 않다. 오직 진리만이 진정한 명성을 주고, 본질만이 유익하다. 하나의 속임수는 다른 많은 속임수를 부르고, 그렇게 세워진 집은 허상일 뿐이다. 이것은 마치 공중에 지은 집과 같아서 곧 무너진다. 잘못 만들어진 것은 절대 오래가지 못한다. 너무 많이 증명하면 아무것도 증명할 수 없는 것처럼, 너무 많은 약속은 의심을 살 수밖에 없다.

176

자신의 무지함을 모르는 자들을 고쳐주는 약은 없다

직접 지식을 얻거나, 지식을 가진 사람의 말을 들어라. 자기 지식이든 남의 지식이든 지식 없이는 살아갈 수가 없다. 그러나 다수가 자신이 모른다는 사실을 모르고, 다른 사람은 몰라도 자기 자신은 안다고 착각한다. 이런 어리석은 고질병에는 치료법도 없다. 무지한 사람은 자신을 모르기 때문에, 스스로에게 부족한 것도 찾지 않는다. 어떤 사람들은 자신이 현명하지 않다는 생각만 했어도 현명해졌을 것이다. 원래 지혜로운 예언자가 드물기도 하지만, 그들은 아무도 조언을 구하러 오지 않아서 한가하게 지낸다. 남들에게 조언을 구한다고 해서 자신의 위대함이 줄어들거나 능력이 약해지는 건 아니다. 오히려 조언을 구하면 명성은 더욱 높아진다. 불행과 싸우지 않으려면 이성적으로 숙고해야 한다.

177

적당한 거리를 둔 관계가 더 오래 간다

너무 친밀한 교제는 피하라. 남들을 너무 친밀하게 대하지 말고, 그들도 당신을 그렇게 대하지 않게 하라. 너무 친밀해지면 완벽함에서 나타나는 우월함도 빛이 바래고, 존경도 얻지 못한다. 별들은 우리와 멀리 있어서 그 화려한 광채를 유지한다. 신적인 것은 존중을 얻지만, 인간적인 것은 경멸을 낳는다. 사람 사이에서는 더 많이 보여줄수록 가진 것이 적어진다. 다른 사람과 이야기하다 보면, 조용히 숨겨져 있던 결점이 드러날 수 있기 때문이다. 따라서 그 누구와도 너무 친밀하게 지내는 건 좋지 않다. 윗사람과 친밀하면 위험하고, 아랫사람과 친밀하면 조심성이 없어진다. 천박한 사람들과 친밀한 것도 안 좋다. 그들은 어리석어서 무례하게 굴기 때문이다. 또 그들은 호의를 얻으면 상대방의 당연한 의무라고 착각한다. 이렇게 과도한 친밀함은 천박함과 맞닿아 있다.

178

두려움을 이기는 마음의 소리를 들어라

자기 마음을 믿어라. 특히 확신이 생길 때는 더 믿어야 한다. 절대 마음의 소리를 부인해서는 안 된다. 그것을 통해 가장 중요한 것을 예측할 수 있기 때문이다. 즉, 이것은 진정한 내면의 신탁이다. 많은 사람이 마음속 두려움으로 죽었다. 그러나 그것을 고치지 않고, 두려워하기만 하면 무슨 소용이 있겠는가? 어떤 사람은 아주 곧은 마음을 타고났기에 이것이 늘 문제를 막아주고 실패를 경고해준다. 극복하기 위한 것이 아니라면 악을 맞으러 나가는 건 현명하지 않다.

179

지혜는
내면의 절제에서 나온다

말의 절제는 능력을 보호한다. 비밀을 간직하지 못하는 가슴은 공개된 편지와 같다. 비밀은 깊숙한 곳에 묻혀 있는데, 거기에는 중요한 것들이 가라앉아 있는 넓고 숨겨진 공간이 있다. 이런 능력은 자기 자신을 다스리는 데서 나오는데, 자신을 극복하는 것이 진정한 승리다. 비밀은 드러내면 낼수록 더 많은 값을 치러야 한다. 지혜로운 상태는 내면의 절제에서 나온다. 이런 능력을 위협하는 것이 바로 사람들의 시험이다. 즉, 그들은 그 능력을 왜곡하기 위해 반박하고, 자극하기 위해 넌지시 미끼를 던진다. 하지만 이럴 때 지혜로운 사람은 이것을 피하기 위해 더 입을 닫는다. 꼭 해야 할 일은 따로 말할 필요가 없고, 말로 해야 할 일은 굳이 행동으로 할 필요가 없다.

180

양쪽을 분석해서 두 면을 모두 준비하라

적이 해야 한다고 한 일은 절대 따르지 말라. 어리석은 사람은 지혜로운 사람이 해야 한다고 하는 일은 절대 하지 않는다. 무엇이 좋은지 판단하지 못하기 때문이다. 그리고 지혜로운 사람이라도 그 일을 하지 않을 것이다. 이미 다른 사람이 준비해서 한 일을 뒤늦게 하고 싶어 하지 않기 때문이다. 따라서 모든 상황은 양쪽 관점으로 생각해야 한다. 양쪽을 분석해서 두 가지 면을 준비해야 한다. 그래야 다양한 판단을 내릴 수 있다. 따라서 아직 결정을 내리지 못한 사람은 일어날 것 같은 일이 아닌, 확실히 일어날 수 있는 일에 주의를 기울여야 한다.

181

모든 진실을 다 말해야 하는 건 아니다

거짓말하지도, 진실을 다 말하지도 말라. 진실을 말하는 것만큼 신중해야 하는 일도 없다. 그것이 마음에 피를 흘리게 할 수도 있기 때문이다. 진실을 감출 줄 아는 것만큼, 진실을 잘 말하는 것도 중요하다. 흠잡을 데 없는 평판이라도 단 한 번의 거짓말로 무너질 수 있다. 속는 사람은 모자란 것으로 여겨지고, 속이는 사람은 거짓말쟁이로 여겨지는데, 둘 중에 후자가 더 나쁘다. 그렇다고 모든 진실을 다 말할 수는 없다. 일부는 자신을 위해, 또 일부는 다른 사람을 위해 침묵해야 하기 때문이다.

182

자신감은 지혜로운 자에게 날개를 달아준다

매사에 약간의 대담함을 보인다면 당신의 사리분별을 잘 드러낼 수 있다. 남들에 관해 생각할 때 알맞게 조절할 줄 알아야 한다. 두려울 정도로 남들을 높게 생각한 나머지, 상상력이 눌려서는 안 된다. 어떤 사람들은 교제하기 전에는 대단해 보여도, 이야기를 나누고 보면 존경보다는 실망이 들 때가 더 많다. 그 누구도 인간의 좁은 한계를 벗어날 수는 없기 때문이다. 모든 사람에겐 단점이 있는데, 어떤 사람은 재능에서, 또 어떤 사람은 성품이 그렇다. 지위가 높으면 권위 있어 보이지만, 그런 사람치고 재능이 뛰어난 경우는 드물다. 운명은 종종 높은 지위에 있는 사람에게 재능을 더 적게 주어 복수하기 때문이다. 하지만 상상력은 항상 앞서 나가며 상황을 실제보다 더 대단하게 그린다. 존재하는 것뿐만 아니라, 존재할 수 있는 것까지 상상하기 때문이다. 따라서 이성은 경험을 통해 그 잘못을 깨닫고, 이런 상상력을 바로잡아야 한다. 단, 어리석음이 너무 대담하거나 미덕이 너무 소심해서는 안 된다. 우둔한 사람에게 자신감이 도움을 주었다면, 지혜로운 사람에게는 얼마나 더 큰 도움이 되겠는가!

183

아주 명백한 경우라도 한발 물러서는 게 좋다

너무 완고하게 굴지 말라. 어리석은 사람은 모두 자기 확신에 가득 차 있고, 자기 확신에 가득 찬 사람은 모두 어리석다. 그래서 판단을 잘못할수록 더욱 완고해진다. 아주 명백한 경우라도 한발 물러서는 게 좋다. 그렇게 물러선다고 남들이 그 진위를 모르는 것도 아니고, 오히려 예의 바른 사람으로 알려지기 때문이다. 보통은 승리를 통해 얻을 수 있는 것보다 고집부리다 잃는 게 더 많다. 진실이 아닌 무례함을 완고하게 변호하다가 그렇게 된다. 구제 불능으로 설득하기 어려운 완고한 사람들이 있다. 그리고 완고한데 변덕스럽기까지 하면, 어리석을 수밖에 없다. 판단이 아니라 의지를 발휘함에서 완고해야 한다. 그러나 여기에도 두 가지 예외가 있다. 즉, 판결할 때와 그것을 집행할 때는 절대 흔들림 없이 완고해야 한다. 이런 일에 주저하면 이중으로 손해를 보기 때문이다.

184

어리석은 사람은 자기 명예를 우상처럼 숭배한다

너무 격식을 차리는 사람이 되지 말라. 왕[139]이라도 너무 격식을 차리는 건 기이해 보인다. 체면을 중시하는 것은 성가신 일인데, 여기에 예민하게 신경 쓰는 나라들도 있다. 어리석은 사람의 옷은 그런 조각들로 짜여 있다. 그리고 어리석은 사람은 자기 명예를 우상처럼 숭배한다. 하지만 이것은 그 명예가 보잘것없는 것들 위에 세워져 있음을 드러낼 뿐이다. 그런 사람은 모두가 자기 명예를 망가뜨릴까 봐 두려워한다. 존경을 받으려는 건 좋지만, 격식의 대가(大家)로 여겨져서는 안 된다. 너무 격식을 차리지 않으려면 스스로 훌륭한 역량을 지녀야 한다. 물론, 이런 격식을 과시하거나 경멸해서는 안 되지만 그런 사소한 일에 집착하는 사람은 위대한 사람이 될 수 없다.

---

139. 아라곤(스페인 지방 왕국)의 국왕 페드로 4세(Pedro IV el Ceremonioso)를 의미하는데, 그는 '예식왕'으로 불렸다.

185

단 한 번의 기회에 당신의 운명을 걸지 말라

결코 단 한 번의 시험에 명성을 걸지 말라. 실패하면 그 피해는 회복할 수가 없다. 한 번쯤, 특히 처음에는 실패할 수 있다. 또한, 항상 '나의 날'이라고 할 만한 운 좋은 기회가 오는 것도 아니다. 따라서 첫 번째에서 실패하면 두 번째에서는 더 확실히 해야 한다. 그렇게 된다면, 첫 번째로 인해 두 번째에서는 명성을 회복할 것이다. 따라서 늘 더 나은 방법을 준비하고, 개선해야 한다. 상황은 우연에 따라 많이 달라진다. 그래서 결과가 좋더라도 만족스러운 경우가 드물다.

186

온전한 사람은 자기 결점을 잘 안다

자기 결점을 알아야 한다. 아무리 높은 자리에 있어도 자기 결점을 알아야 한다. 온전한 사람은 결점이 비단 천으로 씌워져 있어도 알아챈다. 결점은 종종 금관을 걸치고 있는데, 그렇다고 감춰지는 게 아니다. 노예 제도는 주인의 기품으로 감쪽같이 가려질 수는 있지만, 그 안의 악덕은 사라지지 않는다. 또한, 악덕도 높이 들릴 수는 있지만, 그 본질이 높은 건 아니다. 어떤 사람은 영웅이 가진 결점을 알아채지만, 그것 때문에 그들의 영웅 됨이 취소된다고 생각하지는 않는다. 높은 사람의 말은 너무 그럴듯해서 그 추악함조차 감추기 때문이다. 또한, 아첨은 그 추악한 얼굴까지도 감춘다. 하지만 높은 자리에서는 결점이 감춰져도, 낮은 자리에서는 비난을 받는다는 걸 모른다.

187

통치 기술은
상과 벌 없이는 절대 작동하지 않는다

유리한 일은 직접 하고, 불리한 일은 남을 통해서 하라. 전자를 통해서는 호의를 얻고, 후자를 통해서는 악의를 피할 수 있다. 위대한 사람은 호의를 얻기보다 베풀기를 더 좋아한다. 관대하면 행복하기 때문이다. 남에게 고통을 주면 대부분 사람은 연민이나 양심의 가책으로 괴로움을 느낀다. 높은 자리의 통치 기술은 상과 벌 없이는 절대 작동하지 않는다. 그러므로 좋은 일은 직접 하고, 나쁜 일은 다른 사람을 통해서 해야 한다. 따라서 미움과 중상으로 이루어진 불만족의 타격을 대신 받아주는 도구 역할을 할 사람을 곁에 두어야 한다. 때때로 대중의 분노는 개의 분노와 같아서, 고통의 원인도 모른 채 무조건 도구를 향해 달려든다. 그래서 그 도구는 아무 잘못이 없는데도 곧장 피해를 본다.

188

과장이나 아첨에 흔들리지 말고 사람 보는 눈을 키워라

다른 사람을 칭찬하라. 그렇게 하면 안목에 대한 신뢰를 얻는다. 다른 곳에서 탁월함을 평가할 줄 알았으므로 지금 그런 좋은 안목을 가졌음을 보여주기 때문이다. 이전에 완벽함을 알아본 사람은 이후에도 그것을 알아보는 법이다. 칭찬하면 대화거리와 따라 할 거리가 생기고, 칭찬받을 만한 지식도 생긴다. 또한, 칭찬은 지금의 완벽함에 예의를 표하는 정중한 방법이기도 하다. 반대로 늘 다른 사람을 비난하는 사람도 있다. 그들은 눈앞에 있는 사람에게 아부하고, 보이지 않는 사람은 경시한다. 그들은 다른 사람을 나쁘게 말하는 것이 얼마나 간사한 일인지 깨닫지 못하는 경박한 사람들과 잘 통한다. 또, 어떤 사람은 과거의 뛰어난 업적보다 지금의 별 볼 일 없는 일을 더 치켜세우려는 계책을 쓴다. 하지만 지혜로운 사람이라면 이런 계책을 모두 꿰뚫어보아야 한다. 그래서 이쪽에서 하는 과장에 낙담하거나, 저쪽에서 하는 아첨에 우쭐해서는 안 된다. 양쪽 모두 같은 의도가 있는 행동이라는 사실을 간파해야 한다. 그들은 있는 곳의 분위기에 맞춰 방향만 바꿀 뿐이기 때문이다.

189

남이 나를 의존하도록 욕구를 북돋우라

다른 사람의 결핍을 이용하라. 그런 결핍이 욕구로 이어질 때, 이것은 가장 효율적인 고문 도구가 된다. 학자들[140]은 결핍이 아무것도 아니라고 했고, 정치인들은 이것이 전부라고 했는데, 후자가 결핍에 대해 더 잘 알고 있던 셈이다. 어떤 사람들은 남의 욕구를 자기 목적을 이루기 위한 사다리로 삼는다. 그들은 이런 기회를 이용하는데, 만족 실현의 어려움을 말하면서 욕구를 더 부추긴다. 사람들은 이미 소유한 것에는 미온적이지만, 결핍을 채우는 일에는 열심이다.[141] 저항이 클수록 욕구도 불타오르기 때문이다. 목적을 달성하는 뛰어난 비결은 남들이 항상 자기에게 의존하게 만드는 것이다.

---

140. 소크라테스와 세네카를 말한다.
141. 작가는 이 부분에서 언어유희를 사용했다. 비슷한 단어를 나열하려고 정확한 뜻이 아닌 단어를 썼다. 좀 더 상세한 의미는 "이미 가지고 있는 것에는 시큰둥한데, 결핍 때문에 갖고 싶은 게 생기면 열심히 한다"라는 뜻이다.

190

위안을 얻지 못할 고통은 없다

매사에 위안을 찾아라. 무익한 사람들조차 오래 살 수 있다는 데서 위안을 얻는다. 위안을 얻지 못할 고통은 없다. 어리석은 사람은 행운으로 위로를 얻는다. 참고로 "못생긴 여자의 행운"[142]이라는 말도 있다. 따라서 오래 살려면 별 볼 일 없는 사람이 되는 것도 좋은 방법이다. 금이 간 그릇은 좀처럼 깨지지 않는데, 짜증이 날 정도로 오래간다. 무익한 사람들이 장수하고, 탁월한 사람들이 단명하는 걸 보면, 행운은 탁월한 사람들을 시기하는 것 같다. 따라서 중요한 사람일수록 살날이 얼마 남지 않고, 전혀 도움이 안 되는 사람일수록 오래 살 것이다. 종종 그렇게 보일 때가 많고, 실제로도 그렇다. 마치 행운과 죽음은 불행한 사람은 잊어버리자고 약속이라도 한 것 같다.

---

142. 매력적이지 않은 여성이 그런 여성에 비해 사랑에서 운이 좋다는 것을 암시하는 말로 사용되었다.

ORACULO MANUAL Y ARTE DE PRUDENCIA

6부

이 세상은 천국과 지옥의 중간에 있다

191

어리석은 자들을 위한 함정인 가짜 예의를 분별하라

과도한 예의에 현혹되지 말라. 그것은 일종의 속임수다. 어떤 사람은 마법을 부릴 때 테살리아[143] 약초가 따로 필요 없다. 그저 정중하게 모자를 벗는 것만으로도 어리석은 자들을 현혹할 수 있다. 그들은 미사여구로 명성을 얻는다. 따라서 모든 것을 약속하는 사람은 실제로는 아무것도 약속하지 않는 것과도 같다. 이런 약속은 어리석은 자들을 위한 함정이다. 참된 예의는 마땅한 의무이고, 가짜 예의, 특히 쓸모없는 예의는 속임수일 뿐이다. 이런 예의는 품위가 아닌, 상대를 종속시키기 위한 것이다. 그런 사람들은 상대의 사람 됨이 아니라, 재산 앞에 고개를 숙인다. 즉, 인정할 만한 탁월한 자질이 아니라 원하는 이익을 얻기 위해 아첨한다.

143. 그리스 중북부 지방의 명칭으로, 여기에서는 마법사의 땅을 의미한다.

192

사소한 일에 신경 쓰지 않는 사람은 모든 것을 가진 셈이다

화평한 사람은 오래 산다. 자신이 살려면 남도 살게 해야 한다. 화평한 사람은 그렇게 살아갈 뿐만 아니라, 삶을 다스린다. 우리는 살면서 듣고 보아야 하지만, 침묵도 해야 한다. 낮에 다투지 않으면, 밤에는 안식할 수 있다. 오래 살면서 즐겁기까지 하면 삶을 두 번 사는 셈이다. 그리고 이것이 바로 화평의 열매다. 사소한 일에 신경 쓰지 않은 사람은 모든 것을 가진 셈이다. 모든 일에 마음을 쓰는 것만큼 어리석은 일도 없다. 또한, 사소한 일에 신경 쓰는 것도 어리석지만, 중요한 일에 마음을 쓰지 않은 것도 그에 못지않게 어리석다.

193

겉으로 남을 위하는 듯하나 자기 실속만 챙기는 사람을 주의하라

자기 문제를 해결하려고, 남의 문제를 들고 들어오는 사람을 조심하라. 이런 교활함을 막을 수 있는 유일한 보호 장치는 주의하는 것뿐이다. 그것을 알아채려면 이해력이 좋아야 한다. 이런 자들은 겉으로는 남의 일을 하는 듯 보이지만, 실제로는 자기 일을 하기 때문이다. 따라서 그들의 의도를 제대로 파악하지 못한다면, 매번 불 속에서 자기 손가락을 태워 가며 남의 재물을 구해내는 일이나 할 수밖에 없다.

194

최선을 바라면서도 늘 최악을 대비하라

자신과 자기 일에 관해 현명하게 생각하라. 특히 사회생활을 시작할 때는 더 그래야 한다. 모든 사람은 자신이 대단하다고 생각하는데, 별 볼 일 없는 사람일수록 더욱 그렇다. 모두가 행복을 꿈꾸고 스스로 특별한 사람이라고 여긴다. 그런 희망으로 경솔하게 고집부리지만, 현실에서는 절대 그것을 지키지 못한다. 이런 헛된 상상이 현실에서 실망으로 나타나면 고통이 된다. 하지만 지혜로운 사람은 그런 실수를 바로잡는다. 그리고 최선의 결과를 원하지만, 늘 최악의 경우를 대비하고 다가오는 일을 침착하게 받아들인다. 목표는 약간 높게 잡는 것이 좋지만, 이루지 못할 정도로 높아서는 안 된다. 일을 시작할 때는 기대치를 조정해야 한다. 경험이 부족하면 예상과 다른 일이 벌어질 수 있기 때문이다. 따라서 모든 어리석음을 막는 최고의 만병통치약은 사리분별력이다. 각자 자기 활동 반경과 상태를 알면, 생각을 현실에 맞게 조정할 수 있다.

195

지식을 올바로 활용할 줄 아는 지혜를 갖춰라

평가할 줄 알라. 모든 사람은 어떤 일에서든 남들의 스승이 될 수 있다. 뛰어난 사람을 능가하는 또 다른 뛰어난 사람이 늘 있기 때문이다. 유용한 지식이 있으면 각각을 활용할 줄 안다. 그리고 현명한 사람은 모든 것을 평가할 줄 안다. 각자의 장점을 알고, 일을 잘하려면 어떤 노력이 필요한지도 알기 때문이다. 어리석은 자는 모든 사람을 경시하는데, 좋은 것을 알아보지 못하고 나쁜 것만 선택하기 때문이다.

196

믿고 의지할 나만의 별을 찾으라

자기 별[144]을 알라. 자기 별이 없을 정도로 의지할 곳 없는 사람은 없다. 만일 불행하다면 그것은 자기 별을 모르기 때문이다. 어떤 사람들은 방법과 이유도 모른 채 군주와 권력자의 총애를 받는다. 그것은 운명이 그렇게 하도록 호의를 베풀었기 때문이다. 그래서 그들은 살짝만 노력해도 잘된다. 그리고 어떤 사람은 현명한 자들의 은혜를 입는다. 또 어떤 이는 특정 나라에서 더 환영받거나, 특정 도시에서 더 잘 알려진다. 마찬가지로 일이나 자리에서 자격과 공로가 같더라도 남들보다 운이 더 좋은 사람도 있다. 운명은 자기 마음대로 시간과 방법을 뒤섞는다. 따라서 사람마다 자신의 미네르바[145]뿐 아니라, 별도 알아야 한다. 거기에 승패가 달려 있기 때문이다. 그리고 그 별을 따르고, 그것을 도와줄 수 있어야 한다. 단, 그것들을 바꾸려고 하지는 말라. 그렇게 하면 작은곰자리라고 불리는 북극성[146]을 놓치게 되기 때문이다.

---

144. 행운을 의미한다.
145. 각주 23 참조.
146. 방향이나 안내, 지침이라는 의미가 있다.

197

자기 명성을 지키지 못하는 사람은 남의 명성에도 도움을 줄 수 없다

어리석은 사람 때문에 인생을 망가뜨리지 말라. 어리석은 사람을 알아채지 못하는 그 사람도 어리석다. 하지만 알면서도 멀리하지 못하는 사람은 더 어리석다. 그들은 얕은 교제에서는 위험하고, 친밀한 교제에서는 매우 해롭다. 스스로 조심하거나 남들의 보살핌을 받아 어리석음을 드러내지는 않는다고 해도, 결국 어리석은 행동이나 말을 하게 된다. 따라서 그들이 한동안 잘 참았다면, 그것은 점잖은 척을 한 셈이다. 자기 명성을 지키지 못하는 사람은 남의 명성에도 도움을 줄 수 없다. 게다가 그들은 매우 불행한데, 그 불행은 어리석음에서 불거져 나온 뼈[147]와 같다. 그래서 그들은 이런저런 대가를 치러야 한다. 단, 어리석어서 나쁘지 않은 점이 하나 있긴 하다. 현명한 사람은 어리석은 사람에게 그 어떤 도움도 안 되지만, 어리석은 사람은 현명한 사람에게 도움이 된다. 그들을 통해 깨닫고 교훈을 얻기 때문이다.

---

147. 귀찮게 하거나 부담을 주는 것에 대한 은유적인 표현이다.

198

같은 나무도 장소에 따라 제단 위 조각상이 될 수 있다

장소를 옮길 줄 알라. 자기 가치를 높이거나 특히 높은 자리에 오르기 위해 장소를 옮겨야 하는 민족들이 있다. 재능이 탁월한 사람들에게 모국은 마치 계모와 같다. 그런 재능이 시작된 모국에는 시기심이 팽배하기 때문이다. 게다가 나중에 이룬 위대함보다 초기의 불완전한 모습을 더 잘 기억하기 때문이다. 바늘도 세상의 한쪽 끝에서 다른 쪽 끝까지 이동해서[148] 나은 가치를 얻었고, 장소가 바뀌면서 유리의 가치도 다이아몬드보다 높아졌다. 낯선 것들은 멀리서 왔기 때문에, 또는 이미 완벽하게 잘 만들어졌다는 이유로 높은 가치를 인정받는다. 우리는 한때 자기 마을에서 경멸을 당했지만, 지금은 세계적인 명성을 얻어 동족과 이방인들에게 존경받는 사람들을 보았다. 동족의 존경을 받는 이유는 그들을 멀리에서 바라보았기 때문이고, 이방인의 존경을 받는 이유는 그들이 멀리서 왔기 때문이다. 제단 위의 조각상을 정원에 있던 통나무로만 보는 사람은 절대 그것을 숭배하지 않는다.

---

148. 나침반 바늘의 움직임을 말하는 것으로, 유럽의 신대륙 탐험을 암시한다.

199

이리저리 참견해서 자기 자리를 마련하지는 말라

지혜로 자기 자리를 마련하라.[149] 이리저리 참견해서 자기 자리를 마련해서는 안 된다. 명성을 얻는 참된 길은 공적을 쌓는 것이다. 그리고 자기 노력으로 그것을 쌓았다면, 이는 명성을 얻는 지름길이다. 온전한 성품만으로는 충분하지 않다. 또한, 공적을 쌓으려고 애만 쓴다 해도 소용없다. 그러다가 한번 흙탕물을 뒤집어쓰면 오히려 명성이 더럽혀지기 때문이다. 따라서 공적을 세우는 것과 자신을 드러내는 것 사이에서 균형을 이루어야 한다.

---

149. 자기 자리를 마련한다는 것은 다른 사람들에게 존경을 받거나 명성을 얻는 것을 의미한다.

200

행복한 순간에 불행해지지 않으려면

바라는 것을 남겨두어야 한다. 그래야 행복한 순간에 불행해지지 않는다. 육체는 호흡하고, 정신은 갈망한다. 모든 것을 갖게 되면 모든 것에 실망하고 불만을 품는 때가 온다. 지식에서도 늘 배워야 할 것과 호기심을 가져올 만한 것이 남아 있어야 한다. 그래야 희망이 숨을 쉰다. 행복함에 질리는 것은 치명적이다. 따라서 남들을 칭찬할 때도 만족을 전부 채워주지 않도록 수완을 발휘해야 한다. 더 이상 바라는 게 없다면, 모든 것이 두려워진다. 이것은 곧 불행한 행복이다. 즉, 소망이 끝나는 곳에서 두려움이 시작된다.

201

진짜 어리석은 사람은 자신의 어리석음에 무지하다

바보처럼 보이는 사람들은 모두 바보이고, 그렇게 보이지 않는 사람들도 그중 절반은 바보다. 어리석음이 세상을 지배했다. 혹여 지혜가 조금 남아 있더라도, 그것은 하늘 지혜에 비하면 어리석은 것이다. 그러나 그중에서도 가장 어리석은 사람은 자신이 아니라, 남들이 어리석다고 단정 짓는 사람이다. 현명해지려면 다른 사람에게 현명하게 보이는 것만으로는 충분하지 않다. 그리고 스스로 그렇게 여겨서는 더 안 된다. 자기가 모른다고 생각하는 사람은 아는 사람이고, 다른 사람이 보는 걸 못 보는 사람은 보지 못하는 사람이다. 세상에는 어리석은 사람들이 가득하다. 하지만 그중 누구도 자신이 그렇다고 생각하지 않고, 그럴까 봐 걱정조차 하지 않는다.

202

행동은 삶의 본질이요 말은 삶의 장식이다

말과 행동이 완전한 사람을 만든다. 따라서 훌륭한 말을 하고, 명예로운 행동을 해야 한다. 전자는 완벽한 머리를 나타내고, 후자는 완벽한 마음을 나타낸다. 그리고 둘 다 고결한 정신에서 나온다. 말은 행동의 그림자이다. 또한, 말은 여성적이고, 행동은 남성적이다. 칭찬하는 사람보다는 칭찬받는 사람이 되는 게 더 중요하다. 말은 쉽고 행동은 어렵다. 행동은 삶의 본질이고, 말은 삶의 장식이다. 탁월한 행동은 지속되지만, 탁월한 말은 쉽게 사라진다. 행동은 생각의 열매다. 따라서 생각이 지혜로우면 행동도 훌륭하다.

203

당대의 탁월한 자들에게서 배우라

당대의 탁월한 사람들을 알라. 탁월한 사람은 많지 않다. 이 세상에는 재사(才士)[150]가 딱 한 명이다. 그리고 한 세기를 통틀어 장군[151]이 한 명, 완벽한 웅변가[152]가 한 명, 현자[153]도 딱 한 명이다. 그리고 탁월한 왕[154] 역시 수 세기를 통틀어 딱 한 명뿐이다. 평범한 사람들은 흔해서 존경을 받기 힘들다. 하지만 탁월한 사람들은 모든 곳에서 매우 드물다. 전체적으로 완벽함이 요구되기 때문이다. 그리고 계층이 높을수록, 최고가 되는 건 더 어렵다. 많은 사람이 위대한 사람들에게 카이사르와 알렉산더라는 칭호를 붙였지만, 헛된 일이었다. 그런 칭호는 행동이 따르지 않으면, 그저 한 줌의 공기에 불과하기 때문이다. 지금까지 세네카라고 부를 수 있는 사람들은 거의 없었고, 아펠레스[155]라는 명성을 얻은 사람도 딱 한 명이었다.

---

150. 로페 데 베가(Lope de vega: 스페인의 극작가이자 시인, 소설가) 또는 마르티알리스(Marcus Valerius Martialis: 고대 로마의 풍자시인)로 추측한다.
151. 곤살로 페르난데스 데 코르도바(Don Gonzalo Fernández de Córdoba): 스페인의 장군으로 반세기 만에 스페인을 군사 강국으로 만든 전쟁 영웅이다.
152. 키케로(Marcus Tullius Cicero): 로마의 정치인, 변호사이자 라틴어 작가이다.
153. 세네카(Lucius Annaeus Seneca): 후기 스토아 철학을 대표하는 고대 로마 제국 시대의 정치인, 사상가, 문학자로 로마 제국의 황제인 네로의 스승으로도 유명하다.
154. 아라곤의 페르난도 2세(Fernando II de Aragón, 별칭으로는 가톨릭 왕 페르난도):

204

행동이 힘들 정도로 많이 생각해서는 안 된다

쉬운 일은 어려운 일처럼 하고, 어려운 일은 쉬운 일처럼 하라. 전자는 자신감으로 인한 방심을 막아주고, 후자는 소심함으로 인한 낙심을 막아준다. 어떤 일을 하지 않은 채로 두려면, 그것이 끝났다고 생각하기만 하면 된다. 반대로 노력은 불가능을 가능하게 한다. 큰 어려움 앞에서는 너무 많이 생각하지 말고 행동으로 옮겨야 한다. 너무 많이 생각하면 행동이 마비되기 때문이다.

---

155. 이슬람 세력을 일소해서 스페인의 전성기를 열었고, 콜럼버스 대항해도 후원했다.
아펠레스(Apelles): BC 4세기 후반에 활약한 그리스의 화가로 알렉산더 대왕의 궁정 화가였다.

205

원하는 걸 얻는 진정한 비결은 그것을 대수롭지 않게 여기는 것이다

대수롭지 않게 여길 줄 알라. 원하는 걸 얻는 진정한 비결은 그것을 대수롭지 않게 여기는 것이다. 보통 원하는 걸 애써 구할 때는 얻지 못하다가, 더는 신경을 쓰지 않을 때 손에 들어온다. 이 세상의 모든 것은 영원한 것의 그림자이기에 거기에도 그림자의 속성이 있다. 즉, 쫓아가는 자는 피하고, 도망치는 자는 따른다. 또한, 이런 경시는 가장 교묘한 복수 방법이기도 하다. 현자들의 격언에 따르면, 절대 펜으로 자신을 방어하면 안 된다. 그런 방어는 흔적이 남고, 상대의 불손한 행동을 징계하기보다는 오히려 상대를 영화롭게 해주기 때문이다. 자격 없는 사람이 훌륭한 사람들의 적수가 되려고 하는 것은 간접적으로라도 유명해지려는 용렬한 계략이다. 훌륭한 사람들이 이들을 신경 쓰지 않았다면, 아직도 알려지지 않았을 사람이 수도 없이 많다. 또한, 잊어버리는 것만 한 복수가 없다. 이것은 무(無)라는 먼지 속에 묻히는 것과 같기 때문이다. 어리석은 사람은 세계적으로나 시대적으로 불가사의 중 하나에 불을 지르면 영원히 유명해진다고 착각한다. 중상을 잠재우는 방법은 거기에 신경 쓰지 않는 것이다. 거기 대응하면 오히려 손해를 입고, 명예가 실추된다. 적들만 기쁘게 하는 꼴이다. 그런 불명예의 그림자가 탁월한 빛을 다 가릴 수는 없지만, 그 빛을 약하게 만들 수는 있기 때문이다.

206

저속한 자보다 더 최악인 사람

저속한 사람은 어디에나 있다는 걸 명심하라. 코린트[156]에도, 가장 유명한 가문에도 저속한 사람은 있기 마련이다. 누구나 자기 집에서도 그런 경험을 한다. 그러나 그런 저속한 사람보다 더 최악인 사람이 있다. 깨진 거울 조각도 뭔가를 비추는 속성이 있는 것처럼, 이들은 보통 사람들과 비슷해 보이지만 실제로는 더 해롭다. 그런 자는 어리석게 말하고 주제넘게 남을 비난한다. 그들은 무지의 수제자이자, 어리석음의 대부이고 험담의 동맹자이다. 따라서 그런 사람의 말은 무시하고, 그들의 생각은 더더욱 신경 쓰지 말아야 한다. 그리고 그들의 동반자나 대상이 되지 않으려면, 그 실상을 알아채는 게 중요하다. 어리석음은 모두 저속하고, 저속한 자들은 어리석은 사람들로 이루어지기 때문이다.

---

156. 코린트(Corinth)는 그리스의 상업과 예술의 중심 도시였으며, 저자는 교양 도시의 예로 들었다.

207

한순간의 쾌락이 평생의 수치가 될 수 있다

참을 줄 알라. 우연히 일어나는 일들은 빈틈없이 경계해야 한다. 정념의 충동은 신중함을 미끄러지게 하고, 그럴 때 자제심을 잃을 위험에 처한다. 오랜 시간 평정을 지켜왔어도 한순간의 분노나 쾌락으로 일을 망칠 수 있다. 그리고 때로는 한순간의 쾌락이 평생의 수치가 될 수도 있다. 교활한 사람은 상대의 상황과 마음을 제대로 파악하기 위해 이런 덫을 놓는다. 이것은 비밀도구와 같은데 가장 깊은 곳까지 파고들기 때문이다. 이럴 때 대응책은 참는 것이다. 특히 처음 충동이 일어날 때 더더욱 참아야 한다. 정념이 봉인 해제되지 않으려면 신중하게 생각해야 한다. 말을 타고도 신중한 사람이 진짜 신중한 사람이다.[157] 위험을 인지하는 사람은 매우 조심스럽게 길을 간다. 말을 무심코 내뱉는 사람은 말을 가볍게 여기지만, 신중하게 생각하는 사람은 말을 무겁게 여긴다.

---

157. 각주 130 참조.

208

어리석은 사람은 너무 많은 조언에 질려서 죽는다

어리석게 죽지[158] 말라. 보통 지혜로운 사람들은 지혜가 부족하면 죽는다. 하지만 어리석은 사람은 너무 많은 조언에 질려서 죽는다. 여기에서 어리석게 죽는다는 것은 너무 많이 생각해서 죽는 것을 뜻한다. 어떤 사람들은 느껴서 죽고, 또 어떤 사람들은 느끼지 못해 산다. 감정 때문에 죽는 사람도 어리석고, 감정 때문에 죽지 못하는 사람도 어리석다. 너무 많이 알아서 죽는 사람도 어리석다. 누군가는 너무 많이 알아서 죽고, 또 다른 누군가는 잘 몰라서 산다. 단, 이렇게 어리석게 죽는 사람은 많지만, 정작 어리석은 사람들은 잘 죽지 않는다.

---

158. 여기서 죽는다는 표현은 피해를 보거나 고통을 입는다는 뜻이다.

209

모든 것을 비웃는 사람은 모든 일에 짜증 내는 사람만큼 어리석다

공동의 어리석음을 피하라. 그러려면 매우 지혜로워야 한다. 모두가 저지르는 공동의 어리석음은 이미 널리 퍼져 있어 매우 막강하다. 따라서 개인적인 어리석음은 피할 수 있어도 이런 공동의 어리석음은 피하기가 어렵다. 대중은 자기 운이 아주 좋아도 만족하지 않고, 재능이 아주 나빠도 불만을 드러내지 않는다. 모두 자기 것에 만족하지 않고 남의 행운만 탐한다. 또한, 오늘은 어제 일을 칭찬하고, 이곳에 있는 사람은 저곳에 있는 것을 칭찬한다. 늘 지나간 것을 더 좋게 바라보고, 멀리 있는 걸 더 소중히 여긴다. 모든 것을 비웃는 사람은 모든 일에 짜증 내는 사람만큼 어리석다.

210

같은 진실이라도 금을 입혀야 할 때가 있다

진실을 다룰 줄 알라. 진실은 위험하지만, 바른 사람은 진실을 말할 수밖에 없다. 하지만 이때도 기술이 필요하다. 사람의 영혼을 노련하게 다루는 의사들은 진실을 달콤하게[159] 만드는 방법을 만들어 냈다. 거짓임이 밝혀지고 진실이 드러나면 매우 쓰기 때문이다. 적절한 방법을 사용하려면 기술이 좋아야 한다. 같은 진실이라도 누군가에게는 기쁨이 되고, 또 다른 누군가에게는 아픔이 되기 때문이다. 따라서 과거 일을 참고해서 현재 일을 말할 수 있어야 한다. 진실을 잘 알아듣는 사람에게는 살짝 힌트만 주어도 충분하다. 하지만 그것이 전혀 통하지 않으면 말문이 막힌다. 또한, 군주들은 쓴 약으로 치료하면 안 된다. 그들을 치료하기 위해서는 진실에 금을 입히는 기술이 필요하다.

159. "진실은 쓰고, 거짓은 달다"라는 속담이 있다.

211

이 세상은
천국과 지옥의 중간에 있다

천국에서는 전부 기쁨이고, 지옥에서는 전부 고통이다. 하지만 이 세상은 천국과 지옥의 중간에 있다. 우리는 그 양극단 사이에 있기에 둘 다 경험한다. 따라서 운명도 번갈아 나타난다. 늘 행복하지도 않고, 그렇다고 늘 불행하지도 않다. 그래서 이 세상에서 행복과 불행을 합하면 영(0)이 된다. 따라서 그것들만으로는 아무 가치가 없다. 거기에 천국의 가치를 더해야 큰 가치가 생긴다. 따라서 지혜란 이런 세상 변화에 흔들리지 않는 데 있다. 현명한 사람들은 새로운 것을 별로 개의치 않는다. 우리 인생은 연극과 같은데, 처음에는 얽히고설키다가 끝으로 가면서 점점 풀린다. 따라서 좋은 결말만 신경 쓰면 된다.

212

자기 바닥을 드러내지 말라

늘 최신 기술의 기밀을 유지하라. 이것은 위대한 스승들의 말인데, 그들은 가르칠 때도 이런 기술을 적용한다. 늘 뛰어난 상태를 유지하면서 스승으로 남아 있어야 한다. 기술을 전수할 때도 이런 기술이 있어야 한다. 베풂의 원천을 유지해야 하는 것처럼, 가르침의 원천도 절대 고갈되어서는 안 된다. 그래야만 명성이 유지되고 남들이 계속 의존할 만한 사람이 된다. 남들에게 호의를 베풀거나 가르칠 때 필요한 중요한 교훈이 있다. 상대가 감탄할 만한 것을 늘 갖추고 완벽함을 추구해가야 한다는 것이다. 모든 일을 할 때 자신의 바닥을 드러내서는 안 된다. 이 기술은 삶을 살아가고 승리하는 데 필요하다. 그리고 특히 가장 높은 지위에서 명심해야 할 중요한 법칙이다.

213

어떤 반박은 완벽함으로 이끈다

반박할 줄 알라. 이것은 자신이 아닌, 다른 사람을 옭아매는 좋은 계책이다. 즉, 다른 사람의 감정을 움직일 수 있는 유일한 고문 도구다. 상대방이 한 말에 미적지근한 반응을 보이면 상대방은 비밀을 토해내게 된다. 그래서 이것은 꽉 닫힌 마음을 여는 열쇠이다. 기지가 뛰어나면, 의지와 판단력을 모두 발휘할 수 있다. 상대방이 하는 알쏭달쏭한 말을 교묘하게 무시하는 것도 상대의 가장 깊숙한 비밀들을 찾아내 부드럽게 깨문 후 혀끝까지 끌어내서 교활한 속임수의 그물에 걸려들게 하는 방법이다. 또한, 주의 깊은 사람이 반응을 자제하면 상대방은 경계심을 풀고, 품고 있던 생각을 드러낸다. 그렇게 하지 않았다면 알 수 없었을 마음이 나타난다. 또한, 상대방의 말을 의심하는 척하면 상대가 호기심을 보인다. 이것은 궁금한 것을 여는 가장 미묘한 결쇠다. 심지어 배움에서도 학생이 교사에게 반박하는 것은 좋은 계책이다. 그럴 때 교사는 학생에게 진리의 근거와 진술을 설명하기 위해 더 많은 열심을 내기 때문이다. 결과적으로 이런 적절한 반박은 완벽한 가르침을 끌어낸다.

214

현명한 사람도 실수할 수 있지만 두 번 다시 그러지는 않는다

하나의 어리석음을 둘로 만들지 말라. 우리는 하나의 어리석음을 바로잡으려다가 흔히 네 개의 다른 어리석음을 범한다. 또한, 하나의 무례를 변명하기 위해 더 큰 무례를 범할 때도 있다. 이것은 거짓말과 비슷하고, 어리석은 일이다. 하나의 거짓말을 지키기 위해 다른 거짓말을 더 많이 하기 때문이다. 잘못 자체보다 그것을 두둔하는 것이 더 나쁘다. 그리고 그 잘못보다 최악은 그것을 감출 줄 모르는 데 있다. 결점이란 연금은 다른 많은 결점을 부양한다.[160] 현명한 사람도 실수할 수 있지만 두 번 다시 그러지는 않는다. 또한, 그 실수는 일시적일 뿐 오래가지 않는다.

---

160. 한 번의 실수로 다른 많은 실수를 하게 된다는 의미다.

215

상대방의 의도에 맞게 우리 주의력의 수준을 높여야 한다

의도를 숨기고 접근하는 사람을 조심하라. 교활한 사람은 상대를 공격하기 전에 먼저 상대가 자신의 의도를 신경 쓰지 않게 만든다. 거기에 넘어가면 정복당한다. 그들은 원하는 것을 얻기 위해 진짜 의도를 숨긴다. 진짜 의도를 관철하기 위해 실행할 때는 가짜 의도를 드러낸다. 그리고 이런 수법이 들키지 않으면 성공은 따놓은 당상이다. 어쨌든 그런 의도가 눈에 불을 켜고 있는 한 우리의 주의력도 깨어 있어야 한다. 그리고 진짜를 숨기기 위해 가짜 의도를 드러냈다면, 그 진짜 의도를 알아채야 한다. 지혜로운 사람은 먼저 상대의 수법을 파악하고, 진짜 의도를 관철하기 위해 늘어놓는 핑계도 알아챈다. 그들은 진짜 의도를 이루기 위해 가짜 의도를 내놓은 후에 교묘하게 발길을 돌려 진짜 의도를 명중시키기 때문이다. 따라서 그들에게 무엇을 내줄 수 있는지를 알고 있어야 한다. 그리고 때때로 이미 그 의도를 간파했다는 것을 상대에게 암시하는 것도 좋은 방법이다.

216

생각은 명석하게,
표현은 명쾌하게

명확하게 표현하라. 이것은 표현을 명쾌하게, 생각을 명석하게 한다는 뜻이다. 어떤 사람들은 잉태는 잘해도 출산은 잘 못 한다. 생각이 명확하지 않으면, 정신의 자녀들인 판단과 결정이 나올 수 없다. 어떤 사람은 그릇에 많이 담지만, 조금 내보낸다. 즉, 생각은 많지만, 말이 적다. 반대로 어떤 사람은 생각보다 말을 훨씬 더 많이 한다. 의지의 결정과 생각의 표현은 둘 다 탁월한 재능이다. 명석한 재능을 가진 사람은 찬사를 받는다. 물론, 생각이 모호한 사람들도 존경받을 수 있다. 하지만 이것은 남들이 잘 이해하지 못하기 때문이다. 때때로 평범해지지 않으려면 차라리 모호해지는 편이 낫다. 하지만 말하는 내용을 자신도 제대로 이해하지 못한다면, 듣는 사람은 어떻게 이해할 수 있겠는가?

217

오늘의 친구가 내일 최악의 적이 될 수 있다

영원히 사랑하지도, 미워하지도 말라. 오늘 친구를 믿으면서도 내일 그가 최악의 적이 될 수도 있음을 염두에 두라. 실제로 그런 일이 벌어지므로 단단히 준비해야 한다. 우정의 변절자들이 최악의 전쟁을 벌일 수 있도록 손에 무기를 쥐여주어서는 안 된다. 반대로 적에게는 늘 화해의 문을 열어두어야 한다. 그것은 정중함의 문이 되어야 하는데, 가장 안전한 문이기도 하다. 때로는 과거의 복수가 이후에 고통이 되고, 나쁜 행동을 하고 느낀 쾌감이 슬픔이 되기도 한다.

218

격에 맞지 않는 고집을 부리면 옳은 일을 할 수 없다

고집이 아닌 신중함으로 행동하라. 모든 고집은 종양[161]이자, 정념의 손주다. 따라서 고집을 부리면 절대 옳은 일을 할 수 없다. 매사에 자잘한 분쟁을 일으키는 사람들이 있다. 그들은 인간관계에서 불한당이 되는데, 무슨 일이든 이기려고만 들고 평화롭게 행동하는 법을 모른다. 따라서 그들이 통치하고 다스리면 폐해가 생긴다. 그들은 정부를 파벌 짓고, 순진한 아이 같은 사람들도 적으로 만든다. 모든 일에 계책을 세우고 그 결과를 얻길 원하나, 누군가가 그들의 이상한 생각을 알아채면 거기에 반기를 든다. 하지만 사람들이 그 터무니없는 계획을 막으려고 애쓰기 때문에 결국은 아무것도 얻지 못한다. 그러면 그들 안에는 엄청난 분노가 쌓이고, 뭐든 불쾌해한다. 그들의 판단력은 둔해서 마음에 상처를 입을 때가 많다. 따라서 그런 괴물들을 상대하는 방법은 반대편에 있는 야만인들 쪽으로 달아나는 것이다. 이들의 야만성이 그 괴물들의 잔인함보다 낫다.

---

161. 귀찮거나 골치 아픈 요소를 의미한다.

219

당신의 교활함을 현명함으로 바꾸라

교활함을 들키지 말라. 비록 그런 사람 없이는 살 수 없는 세상이지만 말이다. 우리는 교활하지 말고 현명해야 한다. 인간관계에서 천진난만한 솔직함은 모두에게 환영받지만 그렇다고 자기 집안에서까지 환영받는 건 아니다. 이런 솔직함이 아무것도 모르는 단순함이 되거나, 현명함이 교활함으로 변질돼서는 안 된다. 교활해서 남들이 두려워하는 사람이 되기보다는 현명해서 남들이 존경하는 사람이 되어야 한다. 솔직한 사람은 사랑받지만, 속을 때도 많다. 가장 큰 기술은 그런 교활함을 감추는 것이다. 사람들은 그것을 속임수로 여기기 때문이다. 황금의 시대에는 순진함이 널리 퍼졌지만, 철의 시대에는 악이 만연하다. 해야 할 일을 잘 아는 사람이라는 평판은 명예롭고, 이로써 신뢰를 얻는다. 그러나 교활하다는 평판은 궤변을 일삼는다는 뜻이므로 불신을 낳을 수밖에 없다.

220

용기의 왕도로 갈 수 없으면 수완의 지름길을 택하라

사자 가죽을 걸칠 수 없다면, 여우 가죽이라도 걸쳐라. 시대를 따를 줄 안다는 것은 곧 시대를 이끌 줄 아는 것과 같다. 원하는 것을 얻어내는 사람은 결코 명성을 잃지 않는다. 따라서 힘이 부족하면 수완을 발휘해야 한다. 이 길이 아니라면 저 길로 가야 한다. 즉, 용기의 왕도[162]로 갈 수 없으면, 수완의 지름길을 택하라. 수완은 힘보다 더 많은 일을 한다. 그리고 힘센 사람이 현명한 사람을 이기는 것보다, 현명한 사람이 힘센 사람을 이길 때가 더 많다. 하지만 원하는 것을 얻지 못하겠다면 차라리 그것을 무시하라.

---

162. 가장 넓고 쉬우며, 보행자가 많이 지나가는 대중적인 방법을 의미한다.

221

비난만 퍼붓는 사람들을 멀리하라

위험에 빠뜨리는 자가 되지 말라. 스스로 위험에 빠져서도 안 되고, 남들을 위험에 빠뜨려서도 안 된다. 어떤 사람들은 자신과 다른 사람의 품격에 걸림돌이 된다. 항상 어리석은 일을 할 만반의 준비가 되어 있기 때문이다. 그런 사람들을 만나는 건 쉽지만, 꼭 불행하게 헤어지게 된다. 하루에 수백 가지 불쾌한 일을 벌이는 건 그들에게 일도 아니다. 또, 그들은 늘 싸우는 분위기이고 가능한 한 모든 것을 반박한다. 판단을 제대로 내리지 못하고 모든 것을 비난한다. 그러나 지혜를 가장 많이 현혹하는 자들은 옳은 일은 전혀 하지 않으면서 온통 비난만 퍼붓는 사람들이다. 무례함이라는 넓은 나라에는 이런 괴물들이 가득하다.

222

현명한 사람들은 말을 절제할 줄 안다

자제하는 사람은 분명 지혜롭다. 사람의 혀는 맹수와 같아 한 번 풀어놓으면 다시 사슬로 묶기 어렵다. 혀는 영혼의 맥박이다. 따라서 현명한 사람은 이것으로 영혼의 상태를 알 수 있다. 주의 깊은 사람은 마음의 맥을 짚는다. 여기서 나쁜 소식은, 더 말을 절제해야 하는 사람이 그렇게 하지 않는다는 사실이다. 현명한 사람은 불쾌함과 어려움을 피하고 자제력을 보여준다.[163] 그는 공평한 야누스[164]와 조심스러운 아르고스[165]처럼 신중하게 길을 간다. 차라리 모모스[166]가 가슴에 창문을 내달라고 하기보다는 두 손에 눈[167]을 달아달라고 하는 편이 나을 뻔했다.

---

163. "자제력을 보여준다"는 원어로 "자기 자신의 주인 됨을 보여준다"라는 의미이다.
164. 로마 신화에 나오는 문지기의 신으로 앞뒤로 두 개의 얼굴을 가지고 있다.
165. 각주 78 참조. 모든 것을 볼 수 있는 백 개의 눈이 강조된다.
166. 그리스 신화에 나오는 불평과 비난의 신으로, 사람의 은밀한 마음을 알아볼 수 있도록 그들의 가슴에 창문을 내지 않은 건 잘못이라고 프로메테우스를 비난했다.
167. 안드레아 알치아토(Andrea Alciato)의 책, 『엠블레마타』(*Emblemata*) 16번 그림에 나오는 모양으로, '쉽게 믿지 말라'라는 부제가 달려 있다.

223

당신의 유별남은 개성인가 결함인가

너무 유별나게 보이지 말라. 허세 때문이든 부주의해서든 그렇게 보이지는 말라. 어떤 사람은 기이한 행동 때문에 유별나 보인다. 하지만 이것은 차별점이라기보다는 오히려 결함이다. 얼굴이 너무 추해 유명해진 사람이 있듯, 그들은 과도한 행동으로 알려진다. 그러나 이것은 개성을 드러내는 게 아니라, 유별난 사람이라는 것만 드러낼 뿐이다. 이런 무례한 특별함은 누군가에게는 조소를, 또 다른 누군가에게는 분노를 불러일으킨다.

224

각도가 다른 빛으로 보면 같은 것도 아주 다르게 보인다

기회를 제대로 잡을 줄 알라. 기회가 오더라도 절대 거스러미[168]를 잡아서는 안 된다. 모든 것에는 양면이 있다. 가장 좋은 것이라도 칼날 쪽을 잡으면 상처를 입는다. 반대로, 가장 해로운 것이라도 칼자루 쪽을 잡으면 보호를 받는다. 고통이 되었던 것들도 좋은 점을 생각했더라면 기쁨이 되었을 것이다. 모든 일에는 장단점이 있는데, 거기에서 좋은 점을 찾아낼 줄 아는 게 수완이다. 같은 것도 다른 빛에서 보면 아주 다르게 보인다. 그러므로 좋은 점을 보아야 한다. 좋은 점과 나쁜 점을 헷갈려서는 안 된다. 그래서 매사에 어떤 사람은 만족하고, 또 어떤 사람은 고통스러워하는 것이다. 따라서 숨은 기회를 제대로 잡을 줄 아는 것은 불행을 막는 커다란 방호물이자, 모든 시대에서 어떤 일을 하면서도 삶의 중요한 규칙이 된다.

---

168. 자연스러운 원래 상태를 거스르는 것을 의미한다.

225

자신의 주인이 되려면 먼저 자기 자신을 알아야 한다

자신의 주요 단점을 알라. 단점이 없는 사람은 없다. 이것은 뛰어난 장점과 균형을 이룬다. 그런데 만일 단점 쪽으로 기울면, 그것은 폭군처럼 당신을 지배할 것이다. 따라서 지혜로운 사람은 그것과의 전쟁을 선포하고 싸움을 시작해야 한다. 여기에서 가장 먼저 해야 할 일은 자기 단점을 사람들에게 드러내는 것이다. 단점은 알려지면 극복되기 때문이다. 특히 그 단점에 관심 있는 사람들의 시선으로 그것을 명확하게 바라본다면, 더 잘 극복할 수 있다. 자기 자신의 주인이 되려면, 먼저 자신을 알아야 한다. 그리고 이런 불완전한 단점을 극복하면, 나머지도 다 극복하게 될 것이다.

226

아무 조건 없이 베푸는 호의는 없다

호의를 베풀 때 주의하라.[169] 사람들은 대부분 자신의 본모습이 아닌, 호의를 입은 대로 말하고 행동한다. 나쁜 일을 설득하는 것은 누구에게나 쉽다. 종종 믿기지 않을 때도 나쁜 일은 쉽게 믿어진다. 하지만 우리의 많은 부분 특히 좋은 부분들은 남의 호의에 달려 있다. 어떤 사람들은 자신이 옳다는 것에 만족하지만, 그것만으로는 충분하지 않다. 거기에는 호의의 힘이 필요하다.[170] 또한, 호의를 베푸는 건 비용이 별로 들지 않지만, 그 효과는 크다. 몇 마디 말만으로도 남들의 행동을 살 수 있기 때문이다. 세상이라는 커다란 집에는 일 년에 한 번도 쓰지 않을 하찮은 물건이란 없다. 설령 그 가치가 작더라도, 아주 필요할 날이 올 것이다. 사람은 누구나 호감에 따라 대상에 대해 말하기 마련이다.

---

169. 호의를 베풂으로써 상대방에게 신세를 갚게끔 부담감을 느끼게 만든다는 의미가 들어 있다.
170. 첨언하자면 다음과 같이 풀 수 있다. "어떤 일을 할 때 바른 생각만 있다고 되는 게 아니고, 호의를 입어야 그 일을 성공하게 할 수 있다."

227

첫인상에 휘둘린다는 것은 당신이 피상적이라는 뜻이다

첫인상에 휘둘리지 말라. 어떤 사람들은 첫 번째로 들은 정보와 결혼한다. 그래서 나머지 정보들은 첩과 같은 신세가 된다. 또한, 늘 거짓이 먼저 오기 때문에 진실이 설 자리가 없다. 따라서 첫 번째 대상을 보고 결심을 굳히거나, 첫 번째 제안을 듣고 판단을 내려서는 안 된다. 이것은 자신의 깊이가 부족함을 드러낼 따름이다. 어떤 사람들은 새 술통을 닮아서, 좋은 술이든 나쁜 술이든 처음 담은 술의 향기를 간직한다. 따라서 첫인상에 휘둘리는 당신의 피상성(皮相性)이 알려지면 치명적이다. 남에게 악의적인 계략을 꾸밀 구실을 제공하기 때문이다. 나쁜 의도를 가진 자들은 자신에게 쉽게 넘어가는 사람들을 자기가 원하는 색으로 물들인다. 따라서 항상 다시 생각할 수 있는 여지를 남겨두어야 한다. 알렉산더 대왕도 늘 반대편 이야기를 듣기 위해 반대쪽 귀를 남겨두었다.[171] 따라서 늘 두 번째와 세 번째 정보를 들을 자리를 남겨두어야 한다. 첫인상에 휘둘리는 사람은 자기 능력이 부족하고, 정념에 쉽게 사로잡힌다는 사실을 드러낼 뿐이다.

---

171. 알렉산더 대왕(알렉산드로스 3세)의 일화를 암시한다. 그는 한쪽 편의 고소 내용을 들을 때, 반대편 이야기도 듣기 위해 한쪽 귀를 막고 있었다.

228

험담하는 사람은
늘 미움을 사기 마련이다

험담하지 말라. 또한, 험담하는 사람으로 여겨지면 더더욱 안 된다. 이것은 남의 명예를 훼손하는 사람으로 알려지는 것이기 때문이다. 재능이 뛰어난 사람이 되려고 다른 사람을 희생하게 해서는 안 된다. 이것은 단순히 나쁜 일이 아니라 혐오스러운 일이다. 모든 사람은 험담꾼을 비방하고 그들에게 복수한다. 험담하는 사람은 혼자이지만, 이를 판단하는 이는 여럿이므로 쉽게 제압되기 때문이다. 나쁜 것을 결코 기쁨이나 평가의 주제로 올려서는 안 된다. 험담하는 사람은 늘 미움을 사기 마련이다. 종종 위대한 사람들도 그런 사람과 어울리지만, 그 통찰력을 존중해서가 아니라 그런 조소를 오락거리로 삼기 때문이다. 나쁜 말을 하는 사람은 늘 더 나쁜 말을 듣는다.

7부

인생의 진정한 공부를 마지막으로 미루지 말라

온전함

229

우리 삶을 온전하게 만드는 세 가지 여정이 있다

삶을 신중하게 분배할 줄 알라. 우연이 아닌 선견지명과 사리 분별에 따라 그렇게 해야 한다. 휴식 없는 삶은 쉬어 가는 여관이 없는 장거리 여행처럼 고통스럽다. 다양한 지식은 삶에 즐거움을 준다. 아름다운 인생의 첫 번째 여정은 죽은 자들과 대화하며 보내라. 우리는 자신을 알고 무언가를 배우기 위해 태어난다. 책은 진정으로 우리를 온전한 사람으로 만들어준다. 두 번째 여정은 살아 있는 사람들과 보내라. 즉, 세상의 모든 좋은 것을 보고 주의 깊게 조사해야 한다. 단, 한 나라에서 모든 걸 찾을 수는 없다. 만물의 아버지인 신조차도 우리에게 선물을 나누어 주면서, 때로는 가장 추한 사람에게 더 풍성하게 주었다.[172] 세 번째 여정은 온전히 자기 자신을 위해 보내라. 최고의 행복은 철학을 하는 것이다.

172. 로메라-나바로는 이 부분에서 "내 아버지의 아름다움이 나를 아름답게 한다"라는 속담을 인용해 설명했다.

230

너무 늦은 깨달음은 되려 고통이 된다

제때 눈을 떠라. 보고 있다고 모두 눈이 뜨이는 건 아니고, 눈을 뜨고 있다고 모든 걸 보는 것도 아니다. 그리고 늦게 얻은 깨달음은 도움이 아닌 고통이 된다. 어떤 사람들은 더는 볼 게 없을 때가 되어서야 보기 시작한다. 그들은 온전한 사람이 되기도 전에 집을 허물고 재산을 탕진한다. 의지가 없는 사람을 이해하도록 돕기는 어렵다. 그러나 이해력이 없는 사람에게 의지를 불어넣는 건 더욱 어렵다. 그들은 주위에서 비웃음을 사고, 맹인 취급을 당하며 놀림거리가 된다. 그들은 이해할 수 있는 귀가 먹어서 눈을 떠 보려 하지도 않는다. 하지만 때때로 무감각해지도록 남들을 부추기는 사람도 있다. 그들의 임무는 남들을 아무것도 아닌 존재로 만드는 것이기 때문이다.[173] 눈이 먼 주인을 태운 불행한 말은 절대 살찌지 않는다.[174]

173. 무감각해지면 존재하지 않는 사람이 되는데, 무감각을 조장하는 사람들은 그런 일을 하는 데서 존재 의미를 느낀다는 뜻이다.
174. "주인의 눈이 말을 살찌운다"라는 속담이 있다. 즉, 주인이 집안을 잘 알고 있어야 재화가 늘어난다는 뜻이다.

231

불완전한 모습은 함부로 공개하지 말라

일 중간에는 남에게 보여주지 말라. 모든 일은 완성되었을 때만 즐길 수 있다. 모든 시작 단계에서는 형태가 제대로 갖추어지지 않는다. 그리고 이런 불완전한 모습은 이후에도 계속 기억 속에 남는다. 그래서 이런 미완성의 기억은 이후 완성된 모습을 즐길 때 방해가 된다. 위대한 대상은 한 번에 즐겨야 한다. 비록 각 부분을 자세히 감상하기 힘들 수도 있지만, 그래야 적절한 맛을 즐길 수 있기 때문이다. 모든 것은 완성되기 전에는 아무것도 아니다. 또한, 막 형태를 갖추기 시작했어도 여전히 아무것도 아니다. 가장 맛있는 요리라도 만드는 모습을 보면 식욕이 돋기보다는 구역질이 난다. 그러므로 모든 거장은 초기에 자기 작품을 남들에게 보이지 않도록 주의해야 한다. 그리고 이런 교훈은 자연에서도 배워야 한다. 자연은 나타날 준비가 될 때까지는 절대 작품을 드러내지 않기 때문이다.

232

지식이 실용적이지 않다면 무슨 소용이 있겠는가

상인의 감각을 지니라. 모든 것은 생각만 하지 말고, 행동으로 옮겨야 한다. 너무 현명한 사람들은 속기 쉽다. 비범한 것은 잘 알아도 더 중요한 일상생활은 잘 모르기 때문이다. 그런 사람들은 고상한 것을 관조하느라 평범한 것을 볼 시간이 없다. 그리고 가장 먼저 알아야 할 것과 남들이 다 아는 것을 모르기 때문에 피상적인 군중은 이것에 경악하고 이들이 무지하다고 생각한다. 따라서 현명한 사람은 남들에게 속거나 비웃음을 당하지 않도록 상인의 감각을 지녀야 한다. 즉, 현실에서 필요한 일도 할 수 있는 사람이 되어야 한다. 그것이 가장 고상한 일은 아니더라도, 삶에서 꼭 필요하기 때문이다. 지식이 실용적이지 않다면 무슨 소용이 있겠는가? 따라서 오늘날 살아가는 법을 아는 것이 참된 지식이다.

233

남을 즐겁게 하는 데 드는 비용보다 불쾌하게 하는 데서 오는 대가가 더 크다

남의 취향을 잘 파악하라. 그렇지 않으면, 기쁨 대신 고통을 받는다. 어떤 사람들은 상대의 기질을 잘 몰라 호의를 베풀다가 도리어 불쾌하게 한다. 어떤 사람에게는 아첨인 일이 어떤 사람에게는 모욕이 된다. 그리고 도움을 준다고 생각했는데, 피해를 주기도 한다. 때로는 즐겁게 해주는 데 드는 비용보다 불쾌하게 하는 대가가 더 크다. 게다가 상대를 기쁘게 해주는 방법을 모르기에, 감사와 선물을 받을 기회도 놓친다. 즉, 상대의 기질을 모르면 그들을 만족시키기 어렵다. 그래서 상대를 칭찬했다고 생각했는데 도리어 비난이 되는 바람에 벌을 받은 사람들도 있다. 또 말솜씨로 상대를 즐겁게 해주려고 했지만, 쓸데없이 말을 많이 해서 상대의 마음을 지치게 만드는 사람들도 있다.

234

남에게 자기 명예를 다 맡겨서는 안 된다

명예 보증을 받지 않고는 자기 명예를 맡기지 말라. 침묵하면 공동 이익을 얻고, 발설하면 공동 손실을 얻게 해야 한다. 명예가 관련된 이해관계에서 늘 함께하는 공동 계약이 맺어져야 한다. 즉, 자기 명예를 지키는 것이 곧 상대의 명예도 지키는 것이어야 한다. 절대 남에게 자기 명예를 다 맡겨서는 안 된다. 하지만 혹여 그런 일이 생길 수밖에 없다면, 그 신중함을 압도하는 경계심을 발동해야 한다. 위험과 이해관계를 함께 나눔으로써 함께한 사람이 자신에 대해 불리한 증언을 하지 못하게 해야 한다.

235

부탁할 때는 기분이 좋거나 몸과 마음이 배부를 때를 노리라

부탁하는 법을 배우라. 어떤 사람에게는 부탁만큼 어려운 일이 없고, 또 어떤 사람에게는 그렇게 쉬운 일도 없다. 부탁을 받으면 거절할 줄 모르는 사람이 있다. 이들에게 부탁할 때는 따로 계략이 필요 없다. 하지만 부탁할 때 첫 마디가 늘 '아니요'인 사람도 있다. 이들을 상대할 때는 교묘한 기술이 필요하다. 적절한 때를 기다려야 하는데, 그들의 기분이 좋거나 몸과 마음이 배부를 때를 노려야 한다. 조심스러운 그들이 이런 의도를 미리 눈치채지 못했다면, 기쁜 날이 곧 호의를 베푸는 날이 된다. 내면의 기쁨은 밖으로 흘러넘치기 때문이다. 하지만 그들이 다른 사람을 거절하는 게 보이면 다가가지 말아야 한다. 그때는 거리낌 없이 거절하는 상태이기 때문이다. 또한, 슬픈 일이 있을 때도 좋은 기회가 아니다. 그리고 상대가 은혜를 모르는 사람이 아니라면, 미리 호의를 베푸는 것도 좋다. 나중에라도 은혜를 갚게 될 것이기 때문이다.

236

위대한 정치인들은 미리 호의를 베푼다

보상을 받기 전에 먼저 호의를 베풀라. 이것은 위대한 정치인들의 수완이다. 보상을 받기 전에 미리 호의를 베푸는 것은 자신이 기꺼이 남을 돕는 사람이라는 증거다. 미리 베푸는 호의에는 두 가지 큰 장점이 있다. 미리 은혜를 베풀면 받는 사람은 더 고마움을 느낀다. 그리고 같은 선물이라도 미리 주면 그것은 나중에 상대방이 갚아야 할 빚이 된다. 이것이 호의를 빚으로 바꾸는 미묘한 방법이다. 윗사람이 상을 주기 위해 베풀어야 했던 호의가 받는 사람에게는 앞으로 갚아야 할 빚으로 변하기 때문이다. 물론 이것은 은혜를 갚을 줄 아는 사람들만 이해하는 일이다. 은혜를 모르는 사람들에게 미리 호의를 베풀면 일의 박차를 가하는 게 아니라 제동을 거는 일이 된다.

237

지나치게 많은 호의는 받지 말라

윗사람과 비밀을 나누지 말라. 그럴 때 배를 나누어 먹는다[175]고 생각하겠지만, 실은 돌을 나누는 셈이다. 많은 사람이 서로 친밀하게 비밀을 털어놓다가 사라졌다. 이런 사람들은 빵으로 만든 숟가락과 같은데, 나중에 먹힐 위험이 있다. 군주가 아랫사람과 비밀을 나누는 것은 호의가 아닌 부담을 주는 일이다. 많은 사람은 자신의 추한 모습을 비추는 거울을 깨뜨린다. 그리고 그런 본 모습을 아는 사람을 별로 보고 싶어 하지 않는다. 자신의 좋지 않은 모습을 목격한 사람도 꺼려 한다. 따라서 누구에게도 지나치게 많은 호의를 받아서는 안 된다. 특히 권세 있는 자들의 호의는 더욱 주의해야 한다. 그들에게 받은 호의보다는 자신이 행한 호의로 그들을 잡아야 한다. 특히, 친구 사이에 비밀을 터놓는 건 위험하다. 다른 사람에게 비밀을 털어놓는 사람은 그 사람의 노예가 된다. 그러니 군주들에게 이것은 견딜 수 없는 고통이다. 결국, 그들은 잃어버린 자유를 되찾길 바랄 것이다. 그러기 위해 모든 것, 심지어 이성까지도 짓밟을 것이다. 그러므로 남의 비밀은 듣지도 말하지도 말라.

---

175. 친밀하고 막역한 관계가 된다는 표현이다.

238

나의 부족한 부분을 채운다면 어떻게 달라질지 상상해보라

나의 부족한 부분을 확인하라. 그 부족함이 없었다면, 온전한 사람이 되었을 사람이 많다. 그것이 채워지지 않고는 절대 완전한 수준에 이를 수 없다. 아주 조금만 개선돼도, 훌륭하게 될 사람이 있다. 어떤 사람은 진지함이 부족해 탁월한 재능을 발휘하지 못한다. 또 어떤 사람은 친절함이 부족하다. 이것은 측근들이라면 바로 알아채는 자질인데, 높은 지위에 있을 때 더 잘 드러난다. 어떤 사람은 실행력이 부족하고, 또 어떤 사람은 절제가 부족하다. 하지만 이런 모든 부족한 점을 잘 알고 있다면, 쉽게 고칠 수 있을 것이다. 주의 깊은 사람은 습관을 제2의 천성으로 만들 수 있기 때문이다.

239

필요 이상으로 많이 알기보다 지혜를 선택하라

지나치게 똑똑해선 안 된다. 그것보다는 지혜로운 게 더 중요하다. 필요 이상으로 많이 알면 오히려 무기가 무뎌진다. 보통 가장 예리한 부분이 가장 깨지기 쉽기 때문이다. 가장 안전한 것은 확실한 진리다. 또한, 명석한 건 좋아도 수다스러운 건 좋지 않다. 그리고 비물질적인 영역에 대해 너무 많이 추론하면 분쟁이 생긴다. 그것보다는 필요 이상으로 추론하지 않는 좋은 분별력을 갖는 게 낫다.

240

때로는 어리석음을 이용해야 할 때도 있다

어리석음을 이용할 줄 알라. 때때로 아주 현명한 사람도 어리석음을 이용한다. 그리고 모르는 척하는 사람이 가장 잘 알고 있을 때도 있다. 무지하면 안 되지만, 모르는 척은 할 수 있어야 한다. 어리석은 사람에게 현명한 것과 미친 사람에게 제정신인 건 별 도움이 안 된다. 따라서 각각에 맞는 언어로 말해야 한다. 어리석은 사람은 어리석은 척하는 사람이 아니라, 어리석음으로 고통당하는 사람이다. 정말 어리석은 사람은 단순하고 그런 척도 못 하는데, 그것도 기술이기 때문이다. 따라서 좋은 평판을 얻는 유일한 방법은 가장 어리석은 동물의 가죽을 뒤집어쓰는 것이다.

241

조롱받을 일이 생기지 않게 하라

조롱을 받아주되, 조롱하지는 말라. 조롱을 받아주는 건 일종의 정중함이지만, 남을 조롱하면 문제가 생긴다. 농담할 때 화를 많이 내는 사람은 거친 면이 있는데, 조롱을 받으면 그런 면이 더 드러난다. 좋은 조롱은 유쾌하고, 그것을 받아주는 건 머리가 좋다는 뜻이다. 그럴 때 화를 내면 또 다른 조롱의 빌미를 제공하게 된다. 따라서 더 좋은 방법은 조롱을 받아주지 않는 것이다. 그리고 더 안전한 방법은 아예 그런 일이 생기지 않게 차단하는 것이다. 가장 심각한 일들은 늘 조롱에서 시작했기 때문이다. 조롱만큼 많은 관심과 수완이 필요한 것도 없다. 따라서 조롱을 시작하기 전에는 먼저 상대가 어느 정도까지 받아줄 수 있는지를 파악해야 한다.

242

한번 시작했으면 끝장을 봐라

끝까지 좇아가라. 어떤 사람들은 시작할 때 온 힘을 다 쏟지만, 끝을 보지는 못한다. 또한, 고안은 하지만 끝까지 실행하지는 못한다. 이들의 기질은 불안정해서 절대 칭찬을 받지 못한다. 계속 추진하는 게 없고, 늘 한 걸음 가다가 멈추기 때문이다. 또 어떤 경우는 너무 성급해 승리를 얻지 못한다. 이것은 스페인 사람의 단점이기도 하다. 반대로, 인내는 벨기에 사람의 장점이다. 따라서 전자는 일이 사람을 끝내고, 후자는 사람이 일을 끝낸다. 또한, 전자는 어려움을 극복할 때까지 열심히 노력한다. 하지만 그것을 극복했다는 만족에서 끝나기 때문에, 일을 끝마치지는 못한다. 이것은 그들이 마칠 수 있지만, 그러길 원하지 않음을 증명하는 셈이다. 그러나 이것은 결국 무능함이나 경솔함 때문이다. 만일 그 일이 좋다면, 왜 끝까지 하지 않겠는가? 그리고 그 일이 나쁘다면 왜 시작했는가? 따라서 지혜로운 사람이라면 사냥감을 몰기 시작한 것에 만족하지 말고, 끝까지 좇아가서 죽여야 한다.

243

현명한 사람이라도 최대한 의심을 활용해야 한다

비둘기처럼 너무 순진하진 말라. 뱀의 교활함과 비둘기의 순진함을 번갈아 나타내야 한다. 정직한 사람을 속이는 것처럼 쉬운 일이 없다. 한 번도 거짓말을 안 해본 사람은 너무 쉽게 믿고, 한 번도 속여보지 않은 사람도 너무 잘 믿는다. 하지만 이들이 늘 어리석어서 속는 건 아니고, 선한 성품 때문에 속기도 한다. 이런 속임수를 미리 잘 피하는 사람이 두 부류 있다. 하나는 스스로 희생을 치르고 자성한 사람이고, 또 하나는 다른 사람의 희생을 통해 배운 교활한 사람이다. 교활한 사람이 속임수를 쓰듯, 현명한 사람도 최대한 의심을 활용해야 한다. 그리고 다른 사람에게 나쁜 빌미를 제공할 정도로 너무 착한 사람이 되어서는 안 된다. 즉, 비둘기와 뱀을 섞어놓은 사람이 되어야 한다. 단, 괴물이 아니라 비범한 사람이어야 한다.

244

내가 호의를 받은 후 상대방의 명예도 높이는 법을 발견하라

호의[176]를 베풀 줄 알라. 어떤 사람들은 자기 호의를 남의 호의로 바꾸기 때문에, 받은 호의라 할지라도 베푼 호의로 보이게 한다. 어떤 사람들은 아주 노련한데, 자신들이 은혜를 구해 이익을 얻으면서 주는 상대가 명예로운 일을 한 것처럼 만든다. 그런 식으로 일을 꾸미는데, 남들이 그들에게 호의를 베풀 때, 마치 해야 할 의무를 다하는 것처럼 보이게 만들면서 교묘하게 호의를 입은 순서를 뒤바꾼다. 적어도 누가 누구에게 호의를 베푸는 것인지 의심스럽게 만든다. 그들은 칭찬만으로 가장 좋은 것을 얻는다. 그리고 자기 취향을 드러냄으로 상대방이 거기에 맞춰주는 것이 명예와 아부가 되게 한다. 그들은 다른 사람에게 감사의 빚을 지게 해서 친절한 행동을 요구한다. 이런 식으로 그들은 수동적인 의무를 능동적인 의무로 바꾸어서 문법학자보다 더 나은 정치가임을 증명한다. 이것은 훌륭한 수완이다. 하지만 이보다 더 큰 수완은 그런 사실을 파악하고, 이런 어리석은 거래를 막음으로써 알맞은 명예를 되돌려주고, 각자 이익을 되찾게 하는 일이다.

---

176. 각주 169 참조.

245

당신의 견해를 반박해본 적 없는 사람을 높게 평가하지 말라

때로는 평범함을 벗어나 독특하게 생각하라. 이것은 뛰어난 재능을 드러낸다. 당신의 견해를 한 번도 반박하지 않은 사람을 높게 평가하지 말라. 그런 사람은 당신을 사랑하는 게 아니라, 자기 자신을 사랑하는 것이다. 대가를 치러야 하는 아첨에 속지 말고, 오히려 그것을 비난해야 한다. 반대로 누군가의 비판을 받는 것, 특히 훌륭한 일에서 단점을 지적받는 것을 명예로 여겨야 한다. 당신이 하는 일이 모든 사람의 마음에 든다면 오히려 기분 나빠야 한다. 그 일이 별로라는 뜻이기 때문이다. 완벽한 일은 소수만이 할 수 있다.

246

변명은 의심을 일깨울 뿐이다

요구하지 않은 한, 절대 스스로 변명하지 말라. 그리고 요청받았더라도, 너무 과하게 변명하면 비난을 받는다. 또한, 적절한 때가 되기도 전에 변명한다면 곧 자신을 비난하는 것과 마찬가지다. 건강할 때 피를 흘리게 하는 것[177]은 질병에게 오라고 눈짓하는 것이나 마찬가지다. 그리고 미리 하는 변명은 곤히 잠들어 있던 의심을 일깨운다. 따라서 지혜로운 사람은 남들의 의심을 눈치챘어도 그것을 티 내지 않는다. 그것은 모욕을 당하러 찾아다니는 꼴과 같기 때문이다. 따라서 그 의심을 없애기 위해 진실한 행동으로 노력해야 한다.

177. 고대 치료법 중에는 환자에게 피를 흘리게 하는 게 있었다. 따라서 피를 흘리게 한다는 것은 치료한다는 뜻이다.

247

소중한 인생을 일로만 채우지 말라

조금 더 알고, 조금 덜 살아라. 이 말을 반대로 하는 사람도 있다. 하지만 일하는 것보다는 잘 쉬는 게 더 중요하다. 내 것이라고 말할 수 있는 건 시간밖에 없다. 집 없는 사람이라도 시간 속에서는 살 수 있다. 중요해 보인다고 일을 너무 많이 하는 것은 기계적으로 일하며 귀중한 삶을 낭비하는 것만큼 불행하다. 일과 시기심으로 삶을 가득 채우지는 말라. 그러면 삶이 짓밟히고 정신도 지친다. 어떤 사람들은 이런 원리를 지식에도 적용한다. 하지만 지식이 없으면 살아갈 수가 없다.

248

최신 정보 위주로 판단하다 보면 사람이 변덕스러워진다

맨 나중에 들은 말을 무작정 따르지는 말라. 최신 정보만 믿는 사람들이 있는데, 그러다 보면 완전히 딴소리를 따라가게 된다. 이런 사람들의 감정과 욕구는 밀랍처럼 쉽게 영향을 받는다. 그들은 무엇이든 가장 나중에 들은 말에 따라 마무리를 하고, 이전에 들은 내용은 모두 지워버린다. 그들은 너무 빨리 모든 것을 버리기 때문에 결국 아무것도 얻지 못한다. 또한, 모든 것을 각자 자기 색깔로 물들인다. 그들은 가까운 사람들에게 좋은 친구가 되지 못하고, 그들에게 평생 아이처럼 군다. 그래서 판단과 감정이 변덕스럽고, 항상 절뚝이는 의지와 생각으로 이리저리 비틀거리며 걸어간다.

249

중요한 일을 먼저 하고, 진정한 공부를 마지막으로 미루지 말라

삶을 끝내야 할 곳에서 시작하지 말라. 어떤 사람들은 처음에는 쉬고, 일은 마지막으로 미룬다. 하지만 먼저 중요한 일을 하고, 나중에 시간이 남으면 부수적인 일을 해야 한다. 어떤 사람들은 싸우기도 전에 승리하려고 한다. 또, 어떤 사람들은 처음에는 별로 중요하지 않은 일을 배우기 시작하고, 명성이 따르는 유용한 공부는 삶의 마지막으로 미룬다. 또한, 어떤 사람들은 행운을 잡기도 전에 벌써 자만한다. 따라서 이 방법은 배우고 살아가는 데 매우 중요하다.

250

모든 칭찬이 다 좋은 게 아니고
모든 악의가 다 나쁜 게 아니다

언제 반대로 생각해야 하는가? 남들이 우리에게 악의를 갖고 말할 때는 반대로 생각해야 한다. 어떤 사람과 있을 때는 모든 것을 반대로 이해해야 한다. 즉, '예'는 '아니요', '아니요'는 '예'로 생각해야 한다. 누군가가 어떤 일에 대해 나쁘게 말한다는 건, 그것을 높이 평가한다는 뜻이다. 자신이 그것을 차지하고 싶어 다른 사람에게 나쁘게 말하기 때문이다. 또한, 모든 칭찬이 다 좋다는 뜻은 아니다. 어떤 사람들은 좋은 점을 칭찬하지 않으려고 반대로 나쁜 점을 칭찬하기 때문이다. 결국, 어떤 것도 나쁘지 않은 사람에게는 좋은 것도 없다.

251

신이 없는 듯 열심히 살고 신밖에 없는 듯 열심히 믿으라

신적인 방편이 없는 듯이 인간적인 방편을 사용하고, 인간적인 방편이 없는 듯이 신적인 방편을 사용하라. 이것은 위대한 스승[178]의 법칙으로, 따로 해설할 필요가 없다.

---

178. 산 이그나시오 데 로욜라(San Ignacio de Loyola, 1491-1556): 저자가 속한 예수회의 창립자를 말한다.

252

지나치게 이기적이게도, 혹은 이타적이게도 살지 말라

자신이나 타인에게 완전히 예속되지 말라. 그렇게 하면 둘 다 저속한 폭정과 같다. 자신에게 완전히 예속되면, 모든 걸 자기만을 위해 가지려고 한다. 그런 사람들은 아주 작은 것도 양보할 줄 모르고, 안락함도 포기하지 않는다. 또한, 은혜를 베풀 줄 모르고 자기 운만 믿는데, 의지하는 것은 망가지기 일쑤다. 남들을 나에게 속하게 하려면 때로는 내가 먼저 남에게 속하는 게 낫다. 공직에 있는 자는 대중의 종이 되어야 한다. 그렇지 않다면 한 노파가 하드리아누스[179] 황제에게 말한 것처럼, 부담감과 함께 있던 자리도 포기해야 한다. 반대로 타인에게 완전히 예속된 사람들도 있다. 이것은 늘 어리석음이 지나치기 때문인데 그야말로 불행한 일이다. 그들은 하루 한시도 자기에게 속하지 못하고 타인에게 완전히 예속되어 '모두의 종'으로 불린다. 일에서도 마찬가지다. 이들은 타인에 대해서는 모든 걸 알지만, 자신에 대해서는 아무것도 모른다. 따라서 지혜로운 사람은 남들이 찾을 때도 나를 찾는 게 아니라, 나에게 있는 혹은 나를 통해 얻는 이익을 찾는 중임을 알아차려야 한다.

---

179. 하드리아누스 황제(치세 AD 117~138): 로마 제국 최전성기의 세 번째 황제.

253

잘 이해하지 못하는 사람은 늘 높게 평가하는 법이다

남들에게 너무 쉽게 파악되는 사람이 되지 말라. 대부분은 자신이 이해하는 것은 대수롭지 않게 여기고, 이해하지 못하는 것을 떠받든다. 따라서 남들이 중요하게 여기는 사람이 되려면 대가를 치를 수밖에 없다. 남들이 잘 이해하지 못하는 사람은 늘 높게 평가된다. 따라서 항상 다른 사람에게 필요 이상으로 더 현명하고 신중하게 보여야 한다. 단, 너무 과하지 않고 적당해야 한다. 현명한 사람들에게는 매사에 사리 분별이 중요하지만, 대부분은 자신을 더 높이는 행동을 찾는다. 남들이 자신의 높은 수준을 이해하느라 정신없게 만듦으로써 비난하지 못하게 막아야 하기 때문이다. 많은 사람에게 누군가를 칭찬하는 이유를 물어보면, 제대로 이유를 대지 못한다. 왜일까? 그들은 모든 숨겨진 점을 신비하게 여겨 높게 평가하고, 다른 사람이 칭찬하는 소리를 듣고 덩달아 칭찬하기 때문이다.

254

하늘에서 오는 일에는 인내하고, 땅에서 일어나는 일에는 지혜로우라

아무리 작은 불행이라도 가볍게 여기지 말라. 불행은 결코 혼자 오지 않기 때문이다. 행복뿐 아니라 불행도 서로 연결되어 있다. 행복과 불행은 보통 각자 더 많이 있는 쪽으로 향한다. 그래서 모두가 불행한 사람을 피하고, 행복한 사람을 가까이한다. 순수함의 상징인 비둘기조차도 요새에서 가장 흰 벽 쪽으로 날아간다. 불행한 사람에게는 자기 자신과 말, 위안 등 모든 것이 부족하다. 불행의 여신이 잠들었을 때는 깨우지 말아야 한다. 한번 미끄러지는 건 별일 아닐 수 있지만, 이것이 어디에서 멈출지 모르는 치명적인 추락으로 이어질 수 있기 때문이다. 어떤 행복도 완성될 수 없듯, 어떤 불행도 완전히 끝나지 않는다. 따라서 하늘에서 오는 일에는 인내하고, 땅에서 일어나는 일에는 지혜로워야 한다.

255

상대가 갚을 수 없을 정도로 과하게 선을 베풀어서는 안 된다

선을 베푸는 법을 배워야 한다. 단, 조금씩 그리고 자주 해야 한다. 또한, 선을 베풀 때 결코 상대가 갚을 수 없을 정도로 과하게 베풀어서는 안 된다. 과하게 베푸는 사람은 주는 게 아니라, 뭔가를 판매하는 셈이기 때문이다. 또 상대방에게 감사를 재촉해서도 안 된다. 상대방은 더는 할 수 없다는 생각이 들면 관계를 끊어버리기 때문이다. 많은 사람을 잃고 싶다면, 그들에게 과도한 신세를 지게 만들면 된다. 그러면 그들은 받은 은혜를 갚을 수 없어서 멀어진다. 그리고 결국에는 은혜를 베푼 자의 적이 된다. 우상은 자신을 만든 조각가를 절대 눈앞에서 보고 싶어 하지 않고, 은혜 입은 사람은 그것을 베푼 사람을 눈앞에서 보고 싶어 하지 않는다. 따라서 더 많은 존경을 받으려면 베풀 때 훌륭한 수완을 발휘해야 한다. 즉, 상대방이 매우 원하지만, 부담을 적게 느낄 만한 것을 골라서 주어야 한다.

256

어리석은 자들의 공격에 자기 평판을 내어주지 말라

무례한 자, 완고한 자, 교만한 자 등 온갖 어리석은 자들을 늘 주의하라. 그런 사람들을 만나야 할 때가 아주 많은데, 그들과 부딪히지 않는 것이 지혜다. '주의'라는 거울 앞에서 매일 자신을 무장하면 어리석음의 공격을 막을 수 있다. 늘 그럴 때를 대비하고, 저속하고 우발적인 상황을 만나 자기 평판을 위험에 빠뜨리지 말아야 한다. 지혜로 예방하는 사람은 어리석음의 공격을 받지 않는다. 인간관계의 길을 가다 보면 어려움이 많은데, 거기에는 평판을 떨어뜨릴 만한 위험이 가득하다. 따라서 위험이 있을 때는 율리시스의 지략을 참고해 돌아가는 것이 안전하다. 또한, 가짜로 실수한 척하는 일도 매우 유용하다. 무엇보다 정중함을 갖추는 것은 이런 문제에서 가장 빨리 벗어나게 하는 유일한 방법이다.

257

친구가 사이가 틀어지면 최악의 적이 된다

절대 인간관계를 끊지 말라. 그러면 꼭 평판에 상처를 입는다. 누구나 친구일 때는 만만한 상대였더라도, 적이 되면 만만치 않은 상대로 변한다. 선은 소수가 행하지만, 악은 거의 모든 사람이 행하기 때문이다. 독수리는 딱정벌레와 적이 된 후에 제우스의 품에서조차 안전하게 둥지를 틀지 못했다.[180] 기회를 엿보고 숨어 있던 적들은 원수가 발톱을 드러내는 순간 분노를 내뿜는다. 사이가 틀어진 친구는 최악의 적이 된다. 그 적들은 자기 결점을 남의 결점으로 덮으려고 한다. 사람은 누구나 각자 느끼는 대로 말하고, 원하는 대로 느끼기 마련이다. 그래서 그 관계를 끊게 되면 모두의 비난을 받게 된다. 관계를 시작했을 때 이런 상황을 내다보지 못했다는 이유로, 그리고 마지막에는 인내하지 못했다는 이유로 비난을 받는다. 그리고 늘 지혜가 부족하다며 비난을 받는다. 따라서 어쩔 수 없이 관계를 끊을 수밖에 없다면, 폭발적인 분노 때문이 아니라 좋았던 사이가 소원해졌다고 변명하는 편이 낫다. 그리고 이럴 때는 아름답게 물러남에 대한 격언을 보는 게 도움이 된다.

---

180. 이솝 우화 중 〈독수리와 딱정벌레〉 이야기를 보면. 독수리에게 쫓기던 산토끼가 피난처인 딱정벌레 집으로 도망했지만 독수리는 산토끼를 죽였고, 이에 격분한 딱정벌레는 독수리의 둥지들을 찾아다니며 모든 알을 깨뜨렸다.

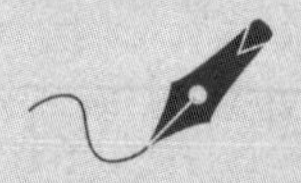

ORACULO MANUAL Y ARTE DE PRUDENCIA

8부

5년마다 새로운 단계로 도약하라

성숙

258

불행을
함께 짊어질 사람이 있는가

불행을 당할 때 도와줄 사람을 찾아라. 그러면 절대 혼자 있지 않게 된다. 그리고 적어도 위험할 때 모든 증오를 다 감당하지 않아도 된다. 어떤 사람들은 높은 자리에서 모든 걸 차지하려다가 온갖 험담을 다 듣는다. 따라서 핑계를 댈 대상이나 불행을 함께 짊어질 사람을 곁에 두어야 한다. 운명이나 대중도 감히 그 둘을 같이 공격하는 건 쉽지 않기 때문이다. 그래서 지혜로운 의사는 환자를 잘못 치료했을 때, 진료라는 명목하에 시체를 처리하는 데 도움을 줄 만한 사람을 구한다. 즉, 짐과 불행은 함께 나누어야 한다. 불행은 혼자 당하면 고통이 배가 되어 참을 수 없게 되기 때문이다.

259

모욕을 당한 후에 갚기보다 처음부터 피하는 게 현명한 일이다

모욕을 예견해서 그것을 칭찬으로 바꾸라. 모욕은 갚아주는 것보다 피하는 게 더 현명하다. 적이 될 만한 사람을 친구로 만들고, 명성을 훼손하는 사람을 비호자로 만드는 건 뛰어난 수완이다. 또한, 호의를 베풀 줄 알면 큰 도움이 된다. 감사로 가득 찬 사람은 모욕을 퍼부을 시간이 없기 때문이다. 삶을 살아간다는 뜻은 고통이 될 만한 일을 기쁨으로 바꿀 줄 안다는 것이다. 따라서 악의를 가진 사람들과 친밀한 관계를 맺도록 노력해야 한다.

260

가장 가까운 관계 사이라도 지켜야 하는 비밀이 있다

우리는 그 누구에게도 예속되지 않고, 그 누구도 우리에게 예속되지 않을 것이다. 혈연관계도 우정도, 많은 신세를 진 사이라도 완전히 예속될 수는 없다. 마음을 다 내주는 것과 호의를 베푸는 것은 완전히 다르기 때문이다. 가장 가까운 관계라도 마음을 다 내주지 않을 수도 있다. 그리고 그렇다고 관심과 애정의 법칙이 깨지는 건 아니다. 친구 사이라도 늘 감추는 비밀이 있고, 아들이라도 아버지에게 감추는 게 있기 마련이다. 같은 일이라도 어떤 사람과 있을 때는 감춰지고, 또 어떤 사람과 있을 때는 전해진다. 또, 상대의 상황에 따라서 전부 허용할 수도 있고, 전부 거절할 수도 있다.

261

한두 번의 실수가 계속되면 어리석음을 증명하는 셈이다

어리석은 짓을 계속하지는 말라. 어떤 사람들은 마치 의무라도 되는 듯이 실수를 저지른다. 한번 빗나가기 시작하면 계속 그렇게 하는 것이 끈기라고 착각하기 때문이다. 속으로는 자기 실수를 비난하지만, 겉으로는 변명한다. 처음 어리석은 짓을 하면 부주의한 정도로 그치지만, 계속하면 어리석은 사람임이 확증된다. 경솔한 약속이나 잘못된 결심에는 책임이 따르지 않는다. 그래서 어떤 사람들은 처음 했던 버릇없는 행동을 계속하고, 어리석은 행동도 이어간다. 이렇게 그들은 계속 어리석은 자가 되고 싶어 한다.

262

고통에 대한 유일한 치료법은 때때로 망각에 있다

잊어버릴 줄 알라. 이것은 기술이라기보다는 운에 가깝게 느껴진다. 보통 가장 잊어야 할 것들을 가장 잘 기억하기 때문이다. 기억은 가장 필요할 때 떠나는 악당일 뿐만 아니라, 필요하지 않을 때 나타나는 얼간이다. 기억은 고통스러운 일에는 정성을 들이고, 기쁜 일에는 무심하다. 때때로 고통에 대한 유일한 치료법은 망각인데, 오히려 우리는 그 치료법을 잊는다. 따라서 기억을 위해서도 알맞은 습관을 길러야 한다. 그것으로 천국이나 지옥을 만들 수 있기 때문이다. 단, 만족할 줄 아는 사람은 예외다. 그들은 소박한 행복을 즐기는 천진난만한 사람들이기 때문이다.

263

즐거움을 주는 것은 다른 사람에게 있을 때 더 좋다

즐거움을 주는 것을 많이 소유하지 말라. 즐거움을 주는 것은 자기가 가지고 있을 때보다 다른 사람이 가지고 있을 때 더 즐길 수 있다. 그것은 첫날만 주인을 위한 것이지, 다음 날부터는 다른 사람들을 위한 것이기 때문이다. 다른 사람들이 가지고 있으면 망가질 위험도 없고, 신선한 기쁨을 두 배나 누릴 수 있다. 내게 없는 것은 뭐든 더 좋아 보이는데, 다른 사람이 마시는 물조차 꿀처럼 보인다. 따라서 남에게 빌려주든 아니든 내가 다 가지면 즐거움은 줄고, 불쾌함이 는다. 다 소유하게 되면 남을 위해 보관하는 역할만 하는 셈이다. 그리고 고마워하는 사람보다는 적이 더 많이 생긴다.

264

가장 자신 있을 그때가 가장 조심해야 할 시간이다

단 하루도 방심하지 말라. 운명은 우리를 조롱하길 좋아한다. 우리가 방심한 사이에 급습하기 위해 우연으로 보이는 일들을 준비할 것이다. 따라서 재능과 지혜, 용기 심지어 아름다움까지도 늘 시험을 받을 준비가 되어 있어야 한다. 가장 자신만만한 날이 가장 불명예스러운 날이 될 수 있기 때문이다. 보통 가장 조심해야 할 때 가장 방심하는 법이다. 따라서 생각을 하지 않는다는 것은 파멸을 위해 덫걸이를 거는 것이나 마찬가지다. 한편, 우리가 무방비 상태에 있을 때 종종 의도가 담긴 전략을 가지고 다가와 우리의 완벽성을 시험한다. 이것을 통해 엄격하게 검증하려는 것이다. 이런 계책이 있는 사람들은 시험의 날을 정할 때, 상대가 자신만만해하는 날은 교활하게 그냥 넘어가고, 방심하는 날을 선택한다.

265

어려운 상황에 빠져 봐야 탁월함을 기를 수 있다

아랫사람이 어려운 상황을 대처할 수 있게 만들라. 물에 빠지면 어쩔 수 없이 수영하게 되는 것처럼, 많은 사람이 어려운 상황을 대처하다가 탁월한 사람이 되었다. 이를 통해 많은 사람이 용기와 지식을 발견한다. 그런 일이 벌어지지 않았다면, 소심함 속에 묻혀 있었을 것이다. 따라서 곤경은 곧 유명해질 기회이다. 그리고 명예가 훼손될 위험에 처한 귀족은 수천 가지 일을 한다. 이사벨 여왕[181]은 가톨릭교도로서 이것을 포함한 삶의 모든 교훈을 잘 알고 있었다. 그런 수완 덕분에 그녀의 부하는 '대장군'[182]이라는 칭호를 얻었고, 그 외 다른 많은 사람도 불멸의 명성을 얻었다. 즉, 그녀는 이런 예리한 통찰력으로 위대한 사람들을 키워냈다.

---

181. 이사벨 1세(Isabel I de Castilla, 1474-1504)를 가리킨다. 카스티야-레온 왕국의 여왕이자 스페인 왕국의 공동 통치자로 정치적 재능이 뛰어나고, 콜럼버스의 신대륙 발견을 원조했다.
182. 각주 68 참조.

266

착하다고 해서
저절로 온전해지진 않는다

너무 착한 나머지 나쁜 사람이 되지는 말라. 이런 사람은 절대 화를 낼 줄 모른다. 하지만 둔한 사람은 온전한 사람이라고 볼 수 없다. 그것은 늘 무감각이 아닌, 무능력에서 비롯되기 때문이다. 적당한 때 감정을 드러내는 것은 자기 자신을 드러내는 행동이다. 새들도 허수아비를 놀린다. 쓴맛과 단맛이 같이 있는 것은 좋은 맛을 가졌음을 증명한다. 달콤하기만 한 맛은 아이들과 어리석은 자들을 위한 것이다. 너무 착해서 그런 무감각에 빠지는 것은 큰 불행이다.

267

말로 설득할 줄 아는 것은 삶의 위대한 기술이다

비단 같은 말과 부드러운 마음. 화살은 육체를 찌르지만, 나쁜 말은 영혼을 찌른다. 좋은 반죽은 입안을 향기롭게 한다. 따라서 말로 설득할 줄 아는 것은 삶의 위대한 기술이다. 대부분은 말로 갚을 수 있는데, 이것으로 불가능한 것도 해결할 수 있다. 불안한 상황은 말로 절충할 수 있고, 군주의 입김은 많은 생명을 생기 있게 한다. 말을 달게 하려면 적들도 그것이 좋은 맛인 걸 알도록 입에 설탕을 가득 머금어야 한다. 친절한 사람이 되려면 필시 온유한 사람이 되어야 한다.

268

현명한 사람은 적절한 시간에 할 일을 해서 기쁨과 명예를 얻는다

어리석은 사람이 마지막에 하는 일을 신중한 사람은 처음부터 한다. 둘 다 하는 일은 같은데 시기가 다르다. 후자가 하는 시기는 적절하고, 전자가 하는 시기는 그렇지 않다. 처음부터 거꾸로 이해했다면, 끝까지 그렇게 할 수밖에 없다. 그런 사람은 머리 위에 올릴 것을 발에 놓고, 오른쪽에 놓을 것을 왼쪽에 놓아서 왼손잡이처럼 행동한다. 이것을 제대로 하게 해줄 유일한 방법이 있다. 자발적으로 할 일을 강제로 시키는 것이다. 반면, 현명한 사람은 적절한 시간에 해야 할 일을 깨닫고 스스로 실행해서 기쁨과 명예를 얻는다.

269

새로움의 영광은 잠시뿐이니 그것을 잘 활용해야 한다

자신의 새로움을 활용하라. 새로운 모습을 보이는 동안에는 높게 평가되기 때문이다. 보통 새로움은 다양성 때문에 모두에게 기쁨을 준다. 취향도 새로워져야 한다. 평범하지만 새로운 것은, 특별하지만 익숙한 것보다 높게 평가되기 때문이다. 하지만 그런 탁월함도 닳고 금방 퇴색된다. 따라서 새로움의 영광은 잠시뿐임을 명심해야 한다. 단 나흘이면 존경심도 사라질 것이다. 따라서 처음 받은 좋은 평가를 잘 활용해서 모든 바람을 채워줄 만한 것을 가능한 한 재빨리 얻어내야 한다. 새로움의 열기가 식으면, 열정도 식기 때문이다. 게다가 새로움에 대한 기쁨은 얼마 안 있어 익숙한 따분함으로 변한다. 따라서 모든 것에는 제때가 있고, 그것도 다 지나간다는 사실을 명심해야 한다.

270

나쁜 취향은
대부분 무지에서 생긴다

많은 사람이 좋아하는 것을 혼자만 비난하지는 말라. 많은 사람이 좋아하는 것은 상당수를 만족시킨다는 장점이 있다. 뭐라고 설명할 수 없어도, 사람들이 즐기는 것임은 분명하다. 따라서 혼자만 그것을 비난하는 건 언제나 밉살스럽다. 그리고 그 비난이 잘못되면 남들의 비웃음을 산다. 그것을 비난하면 그 대상에 해를 끼치는 게 아니라, 자기 평판만 나빠진다. 그 결과 자신만의 나쁜 취향 속에 혼자 있게 된다. 만일 좋은 것을 발견할 줄 모른다면, 무능함이라도 감추어야 한다. 그리고 잘 생각해보지도 않고 무조건 비난해서는 안 된다. 나쁜 취향은 대부분 무지에서 생기기 때문이다. 모두가 좋다고 말하는 것은 실제로 좋거나, 모두가 그렇게 되길 바라는 것이다.

271

잘 모를 때 위험을 감수하면 파멸을 자초한다

잘 모를 때는 가장 안전한 것을 선택하라. 그러면 모든 일을 할 때, 기발하진 않더라도 든든한 사람으로 여겨질 것이다. 물론 잘 아는 사람은 위험을 감수하면서 자신이 원하는 것을 하면 된다. 하지만 잘 모르는 사람이 위험을 감수하는 건 파멸을 자초하는 것이나 마찬가지다. 늘 옳은 길을 선택해야 한다. 확고한 것은 잘못될 수가 없기 때문이다. 그리고 잘 모를 때는 왕의 길[183]로 가야 한다. 한 마디로, 잘 알든 모르든 기발함보다는 안전함을 선택하는 게 더 현명하다.

---

183. 도덕적으로 올바른 길을 의미한다.

272

예의를 더하면 상대방에게 감사로 갚을 기회가 열린다

매사에 예의라는 값을 더해서 팔라. 이것은 더 많은 호의를 베푸는 방법이다. 관대한 사람이 베푸는 호의는 이해관계에 있는 사람의 요구보다 언제나 많은 법이다. 예의는 실제로 뭔가를 주는 게 아니라, 상대방에게 정중하게 감사의 의무를 지우는 방법이다. 선한 사람이 가장 비싸게 여기는 것은 남들의 베풂이다. 이런 사람에게는 두 번에 걸쳐 두 가지 값으로 물건을 팔 수 있다. 즉, 물건의 값과 예의의 값으로 팔 수 있다. 그러나 비열한 사람에게 이런 정중함은 헛소리에 불과하다. 그들은 예의의 말을 이해하지 못하기 때문이다.

273

상대의 표정을 파악하고 영혼의 신호들을 해석하라

상대방의 기질을 파악하라. 그래야 그 사람의 의도를 알 수 있다. 원인을 알면 결과도 알 수 있고, 미리 원인을 알면 나중에 동기도 알 수 있다. 우울한 사람은 늘 불행을 예측하고, 비방하는 사람은 늘 잘못을 예측한다. 그들은 온통 최악의 일만 생각한다. 현재의 좋은 점은 느끼지 못하고, 벌어질 수 있는 안 좋은 일만 말한다. 이렇게 정념에 사로잡힌 사람은 늘 실제 현실과 동떨어진 언어로 말한다. 이성이 아니라 정념에 따라 말하기 때문이다. 사람들은 각자 자기감정이나 기분에 따라 말한다. 그리고 그 모든 것은 사실과 거리가 멀다. 따라서 상대의 표정을 파악하고 영혼의 신호들을 해석할 줄 알아야 한다. 늘 웃는 사람을 보면 어리석은 사람임을 알아채고, 한 번도 웃지 않는 사람을 보면 믿지 못할 사람임을 알아야 한다. 또한, 늘 성가시게 질문하는 사람도 피해야 한다. 그런 사람은 경솔한 사람이거나 첩자이기 때문이다. 그리고 추한 모습을 한 사람에게는 조금도 좋은 것을 기대하지 말라. 그들은 보통 자연에 복수하고 있는데, 자연이 자신을 전혀 귀하게 여기지 않는 듯, 그들도 자연을 전혀 존경하지 않기 때문이다. 인간은 대개 아름다운 만큼 어리석다.

274

매력은
능력을 넘어선 호의를 받게 한다

매력적인 사람이 돼라. 매력은 능숙하면서도 예의 바른 마술이다. 그 예의 있는 갈고리로는 이익보다 남들의 호의를 끌어와야 한다. 또한, 매사에 그것을 사용해야 한다. 남들의 호의 없이 공로만으로는 성공할 수가 없다. 호의는 박수갈채를 얻게 해주고, 다른 사람을 다스릴 수 있는 가장 실질적인 무기이기 때문이다. 매력에 빠지게 만드는 건 행운이 따라야 하지만, 인위적인 기교를 사용하는 것도 도움이 된다. 물론 훌륭한 선천적 자질이 있는 곳에서 자리를 더 잘 잡는다. 여기에서 매력이 생기고, 모든 사람의 호의를 얻는다.

275

대중의 호의를 얻으려면 약간의 품위를 포기해야 한다

다른 사람과 어울리되 품위를 지키라. 늘 대단한 척을 하거나 화난 상태로 있어서는 안 된다. 참고로 이것은 정중함에 관한 격언이다. 대중의 호의를 얻기 위해서는 약간의 품위를 포기해야 한다. 때때로 많은 사람이 가는 곳으로 지나되, 품위는 지켜야 한다. 자기 앞에서 어리석게 굴면 보이지 않는 곳에서도 신중하지 않을 거로 생각하기 때문이다. 즐겁게 하루를 보낸 후에 평생 성실하게 애써 모은 것보다 훨씬 더 많은 것을 잃어버릴 수 있다. 하지만 그렇다고 늘 사람들과 떨어져 지내서는 안 된다. 혼자 유별나게 구는 것은 곧 다른 사람을 비난하는 것이나 마찬가지이기 때문이다. 더욱이 과장된 행동이나 말은 거기에 어울리는 성별[184]에 맡겨야 한다. 심지어 신앙에서도 너무 독실한 척하는 건 우스꽝스럽다. 남자는 남자처럼 보이는 게 가장 좋다. 여자는 완벽함으로 남자다운 분위기를 낼 수 있지만, 그 반대의 경우는 그럴 수 없다.

---

184. 당시에는 과도한 행동이나 말을 하는 것(가령 애교와 같은)을 여성과 관련되는 특징이라고 여겼다.

276

사람은 5년마다 새로운 단계로 도약해 완벽해져야 한다

자연과 기술로 기질을 새롭게 할 줄 알라. 사람의 기질은 7년마다 바뀐다고 한다. 따라서 취향도 개선하고 고양해야 한다. 사람은 태어나서 7년이 지나면 이성을 갖추게 되는데, 그 후 5년마다 새로운 완벽함이 나타나야 한다. 이런 자연적인 변화를 잘 알아채서 이성이 더 완벽해지도록 돕고, 다른 사람들의 이성도 나아질 거로 기대해야 한다. 이런 이유로 많은 사람이 행동이나 신분 또는 일을 바꾸었다. 하지만 그 변화가 크게 드러나기 전까지는 깨닫지 못하는 경우가 많다. 사람은 스무 살에는 공작, 서른 살에는 사자, 마흔 살에는 낙타, 쉰 살에는 뱀, 예순 살에는 개, 일흔 살에는 원숭이가 되고, 여든 살에는 아무것도 아니다.

277

자신의 탁월함을 제대로 드러낼 줄 알아야 한다

과시할 줄 아는 사람. 과시는 탁월한 재능을 드러내는 광채이다. 따라서 누구나 과시할 수 있는 때가 온다. 하지만 매일 승리하는 건 아니므로 그 순간을 잘 이용해야 한다. 적은 것은 많이 드러내고, 많은 것은 감탄을 자아낼 정도로 크게 드러내는 대범한 사람들이 있다. 탁월한 것을 제대로 드러낼 줄 알면 더 경이로워 보인다. 과시를 잘하는 민족들도 있는데, 스페인 사람들이 단연 뛰어나다. 세상이 창조되자마자 빛이 만물을 드러냈다. 과시는 많은 부분을 채워주고 보완한다. 그리고 그 내용이 확실하다면 모든 것에 제2의 생명을 부여한다. 하늘은 우리에게 완벽함을 주고, 과시도 할 수 있게 해주었다. 둘 중 하나만 있으면 어색하기 때문이다.

따라서 과시할 때도 기술이 필요하다. 가장 뛰어난 재능을 과시하는 것도 상황에 따라 다르고, 늘 적절한 때가 오는 것도 아니기 때문이다. 과시하는 때가 적절하지 않으면, 결과도 좋지 않다. 또한, 과시할 때 과장해서도 안 된다. 과장은 늘 경멸과 함께 사라지는데, 이것은 허영심이나 멸시의 노래를 부르는 꼴이기 때문이다. 따라서 천박해지지 않으려면 과시할 때 매우 절제해야 한다. 지혜로운 사람들은 과도한 과시를 멸시한다. 때로는 무언의 웅변과 무심한 척을 하며 완벽함을 드러내는 것도 일종의 과시이다. 이런 현명한 위장은 아주 칭찬할 만한 과시이다. 눈에 드러내지 않는 것 자체가 엄청난 호기심을 자극하기 때문이다. 자신의 완벽함을 한 번에 모두 드러내지 않고, 조금씩 드러내며 상대가 짐작하게 만들면서 계속 앞으로 나아가는 것은 훌륭한 기술이다. 따라서 훌륭한 업적은 더 큰 업적으로 이어져야 한다. 그리고 처음 나오는 박수에는 새로운 기대감이 들어 있어야 한다.

278

자신을 지나치게 드러내면 불쾌감이 증가한다

매사에 너무 튀지 말라. 탁월함도 너무 눈에 띄면 결함이 된다. 보통은 특이함 때문에 눈에 띄는데, 그것은 늘 비난을 받는다. 그리고 그렇게 튀는 사람은 혼자 남겨진다. 아름다움도 너무 빼어나면, 그 가치가 떨어진다. 너무 튀면 남들에게 불쾌감을 주는데, 이미 권위가 떨어진 특이한 일에서 튄다면 훨씬 더 그렇다. 하지만 악덕으로 유명해지려는 자들도 있다. 그들은 자신의 악명을 높이기 위해 늘 새로운 악한 일을 찾는다. 심지어 해박함도 너무 과하면, 근거 없이 떠드는 수다로 변질될 수 있다.

279

반응하지 않는 것도 반응이다

반박하는 사람에게는 반응하지 말라. 먼저 그 반박이 교활함에서 나오는지, 천박함에서 나오는지를 구분하라. 늘 집요한 언쟁 때문이 아니라, 교활한 계책일 수도 있기 때문이다. 따라서 전자라면 어려움에 빠지지 않도록 주의하고, 후자라면 신세를 망치지 않도록 조심해야 한다. 첩자들을 조심하려면 경계하는 수밖에 없다. 그리고 마음의 자물쇠를 따는 도둑에 대해서는 신중함의 열쇠로 잠가두어야 최선의 방어가 된다.

280

남의 상황 때문에 자신이 누구인지를 잊지는 말라

강직한 사람이 돼라. 이제 선한 행동은 사라지고 있다. 감사의 의무도 잊혔고, 좋은 인간관계도 드물다. 그리고 최고의 봉사를 해도 최악의 보상을 받는다. 이것이 오늘날 전 세계의 상황이다. 온통 학대 쪽으로 기울어진 나라들도 있다. 어떤 나라는 늘 반역을, 또 어디는 변덕을, 또 어디는 속임수를 두려워한다. 그렇다고 해도 나쁜 행동을 따라 해서는 안 된다. 오히려 그것을 경계의 대상으로 삼아야 한다. 그런 나쁜 행실을 보면 온전함이 흔들릴 위험이 있다. 하지만 강직한 사람은 절대로 남이 처한 상황 때문에 자신이 누구인지를 잊지는 않는다.

281

현인의 미지근한 긍정은 범인의 박수갈채보다 낫다

식견이 있는 사람들의 호의를 얻어라. 뛰어난 사람의 미지근한 긍정은 평범한 사람의 박수갈채보다 낫다. 왕겨 연기를 피워 근사한 식사를 준비할 수는 없듯, 평범한 사람들의 칭찬은 용기를 북돋지 않기 때문이다. 현명한 사람들은 분별력 있게 말하기 때문에, 그들의 칭찬은 끝없는 만족을 준다. 현명한 안티고노스[185]는 모든 명예를 제논에게만 돌렸고, 플라톤은 아리스토텔레스가 곧 자신의 전체 학파라고 말했다. 하지만 사람들은 대중의 쓸모없는 말이나 글을 통해서라도 배를 채우려고 애쓴다. 군주들조차도 자신에 대해 글을 써줄 사람을 필요로 한다. 그리고 그들은 추한 여자들이 화가의 붓을 두려워하는 것보다 저술가의 펜을 더 두려워한다.

185. 마케도니아의 왕인 안티고노스 2세 고나타스는 스토아학파의 창시자 제논을 존경했다.

282

탁월한 사람들도 가까이하다 보면 빛이 바랜다

당신의 부재로 존경을 받거나 명성을 높여라. 존재는 명성을 낮추고, 부재는 명성을 높인다. 곁에 없으면 사자라는 명성을 얻던 사람도 함께하면 신음하는 산[186]처럼 우스꽝스러운 꼴이 되었다. 탁월한 사람들도 가까이하다 보면 광택을 잃어간다. 정신의 본질이 아니라, 겉껍질이 먼저 보이기 때문이다. 상상력은 보는 것보다 훨씬 멀리 가고, 잘못은 귀로 들어왔다가 눈으로 나간다.[187] 좋은 평판의 중심에 있는 사람은 명성을 유지한다. 불사조도 명예를 얻기 위해 부재를 이용한다. 즉, 자리를 비웠을 때 더 찾고 싶은 욕구가 일어나는 것을 이용해 존경을 얻으려고 한다.

---

186. 이솝 우화 중에서 〈신음하는 산〉(The Mountain in Labour) 에피소드가 있는데, 신음하는 산에서 나온 게 고작 작은 생쥐 한 마리였다는 내용이 담겨 있다.
187. "들은 자는 들은 것을 말하고, 본 사람은 분명히 안다"라는 로마의 희극작가인 티투스 마키우스 플라우투스(Titus Maccius Plautus)가 한 말과 뉘앙스가 비슷하다.

283

새로운 것을, 만족스럽게 만들어낸다면 두 배로 빛이 난다

지혜롭되 창의력을 갖춘 사람. 재능이 넘치는 사람이 그러하다. 하지만 과연 한 치의 광기도 없이 그런 사람이 될 수 있을까?[188] 창의력이 재능 있는 사람의 몫이라면, 좋은 선택은 지혜로운 사람의 몫이다. 또한, 창의력은 하늘의 은혜여서 매우 드물다. 기존 것에서 좋은 선택을 하는 사람은 많지만, 새로운 것을 만드는 것은 적절한 때를 만난 탁월한 소수만 가능하기 때문이다. 새로움은 사람의 마음을 사로잡는다. 그리고 거기에 만족이 더해지면 두 배로 빛난다. 단, 판단의 영역에서 나타나는 새로움은 위험하다. 모순이 생길 수 있기 때문이다. 하지만 재능의 영역에서 나타나는 새로움은 칭찬할 만하다. 성공하는 경우 이 두 가지 모두 박수받을 만하다.

---

188. 이와 같은 표현을 한 사람이 많다. 세네카의 『평정심에 관하여』(*De Tranquillitate Animi*)에는 "광기 없는 위대한 천재는 없다"라는 말이 있다. 또한, 스페인 예수회 신부였던 프란시스코 아구아도(Francisco Aguado)도 "날카롭게 눈에 띄는 위대한 재능을 가진 사람 중에 광기가 섞이지 않은 사람은 없다"라고 했다.

284

남들이 원할 때 가야 당신을 가장 빛낼 수 있다

공연히 참견하지 말라. 그러면 무시당한다. 남들에게 존경받고 싶다면, 자기 자신을 존중해야 한다. 자신을 낭비하지 말고 자신에게 인색해야 한다. 보통은 남들이 원할 때 가야 제대로 환영받을 수 있다. 따라서 남이 부르지 않을 때는 절대 가지 말고, 요청을 받을 때만 가라. 스스로 위험을 감수하는 사람은 실패하면 모두의 미움을 받고, 잘되더라도 감사의 말을 듣지 못한다. 그리고 공연히 참견하는 사람은 경멸의 대상이 된다. 그리고 뻔뻔하게 참견하면 혼란에 빠진다.

285

남들의 불행을 보며 지나치게 용기를 잃어선 안 된다

타인의 불행 때문에 죽지는 말라. 수렁에 빠진 사람들을 눈여겨보라. 또, 그들이 불행을 함께 나누고 위로해주길 바라며 당신에게 도움을 청하리라는 것도 염두에 두어야 한다. 그들은 불행을 함께해줄 누군가를 찾는다. 그러면 그들이 행복할 때는 등을 돌렸던 사람들이 불행한 지금은 손을 내민다. 물에 빠진 사람을 구할 때 위험을 자초하지 않으려면, 대단히 주의해야 한다.

286

누군가가 은혜 베푸는 것을 전부 호의로 받아서는 안 된다

모두에게 혹은 전폭적으로 신세 지지는 말라. 그렇게 하면 모두의 노예가 된다. 어떤 사람은 남보다 더 많은 행운을 타고났다. 전자는 좋은 일을 하기 위해, 후자는 그것을 받기 위해 태어난 것이다. 자유는 선물보다 소중하다. 선물은 사라지기 때문이다. 많은 사람이 당신에게 의존하는 것보다, 당신이 아무도 의지하지 않는 것을 더 기뻐해야 한다. 권력의 가장 좋은 점은 선한 일을 많이 할 수 있다는 것이다. 누군가가 은혜를 베푸는 것을 전부 호의로 받아서는 안 된다. 대부분은 신세를 지게 만들려는 의도적인 계략이기 때문이다.

287

관객은 경기에 참여하는 사람보다 더 많은 것을 본다

결코 정념에 이끌려 행동하지 말라. 그렇게 행동하면 모든 것이 잘못 될 것이다. 제정신이 아닐 때는 자신을 위해 행동할 수가 없고, 정념은 늘 이성을 쫓아낸다. 따라서 이럴 때는 정념에 흔들리지 않을 신중한 제삼자를 대신 내세워야 한다. 관객은 경기에 참여하는 사람보다 더 많은 것을 본다. 정념에 이끌리지 않기 때문이다. 자신이 흔들리고 있음을 깨닫는다면, 신중하게 몸을 사려야 한다. 피가 끓어오르는 것으로 끝나지 않고, 머잖아 모든 게 피투성이가 되기 때문이다. 그러면 순식간에 일어난 일로 오랜 혼란을 겪고, 험담까지 듣게 될 것이다.

288

항상 통하는 정확한 법칙이란 없다

상황에 순응하라. 통치든 생각이든 모든 일은 상황에 따라야 한다. 그리고 할 수 있을 때가 오면 시도해야 한다. 기회와 시간은 아무도 기다려주지 않기 때문이다. 미덕에 관한 부분이 아니라면, 정해진 보편적인 삶의 법칙만 따라 살아서는 안 된다. 또, 뭔가를 마음먹을 때도 정확한 법칙만 따져서는 안 된다. 오늘 무시하고 버린 물을 내일 마셔야 할 수도 있기 때문이다. 살다 보면 말이 안 될 정도로 무례한 사람들이 있다. 그들은 망상에 가깝게 모든 상황이 자기에게 맞춰져야 하고, 그 반대가 되면 안 된다고 우긴다. 그러나 현명한 사람은 상황에 순응하는 것이 지혜의 북극성[194]임을 알고 있다.

---

189. 각주 146 참조.

289

인간적인 면모가 드러나면 명예가 실추된다

인간의 가장 큰 불명예. 사람은 인간적인 면모가 드러나면 명예가 실추된다. 즉, 너무 인간적인 모습이 보이면, 더는 신성하게 여겨지지 않는다. 그리고 이런 가벼운 모습은 명성에 가장 큰 걸림돌이 된다. 신중한 사람이 인간 이상으로 여겨지는 것과 마찬가지로, 경솔한 사람은 인간 이하의 취급을 받는다. 이보다 명예를 실추시키는 결함도 없는데, 경솔함은 진지함과 정반대이기 때문이다. 경솔한 사람은 내실 있는 사람이 될 수 없다. 사람은 나이 들수록 신중해져야 하지만, 이런 사람은 오히려 더 경솔해진다. 이런 흠을 가진 사람은 아주 많고, 그것은 대단히 명예를 실추시키는 일이다.

290

사랑과 존경은 함께 모이기 힘들다

존경과 사랑을 함께 받는 건 행운이다.[190] 하지만 계속 존경을 받기 위해 점점 더 많은 사랑을 받아야 하는 건 아니다. 사랑은 증오보다 더 위험하기 때문이다. 사랑과 존경은 함께 모이기 힘들다. 따라서 사람들에게 너무 두려운 대상이 되는 건 좋지 않지만, 그렇다고 지나친 사랑의 대상이 되어서도 안 된다. 사랑하면 친숙해지고, 그럴수록 점점 존경을 받기 힘들어지기 때문이다. 따라서 감정적인 사랑보다는 존경이 담긴 사랑을 받아야 한다. 그런 사랑이야말로 가장 온전한 사람에게 필요한 사랑이다.

190. 로메라-나바로는 이것을 '행운이 아니다'라는 부정적인 의미로 수정하기를 제안했다.

291

말은 사람의 온전함을 드러내지만 행동은 말보다 더 많은 것을 보여준다

시험할 줄 알라. 현명한 사람의 주의력은 신중한 사람의 자제력과 견줄 만하다. 다른 사람을 파악하려면 훌륭한 판단력이 필요하다. 약초나 돌의 특징보다 사람의 기질과 특성을 아는 것이 더 중요하다. 이것은 삶에서 가장 통찰력 있는 활동 중 하나이기 때문이다. 금속은 소리로 식별되고, 사람은 하는 말로 알 수 있다. 말은 사람의 온전함을 드러내지만, 행동은 말보다 더 많은 것을 보여준다. 따라서 다른 사람을 시험해보려면 특별한 주의력과 깊은 관찰, 통찰력 있는 이해 그리고 현명한 판단이 필요하다.

292

높은 지위에 걸맞은 개인의 역량이 있어야 한다

개인의 자질이 책무를 능가해야 한다. 그 반대가 되어서는 안 된다. 아무리 지위가 높아도 개인의 자질이 더 높음을 보여줘야 한다. 풍부한 능력[191]은 갈수록 확장되고, 일에서도 점점 더 많이 드러난다. 하지만 그런 능력이 부족하다면 마음이 위축되어 결국 책무를 다할 수 없게 된다. 그 결과 명성도 무너진다. 위대한 아우구스투스도 군주가 되는 것보다 훌륭한 사람 됨을 더 중요하게 여겼다. 그러기 위해서는 고상한 정신이 필요하고, 더불어 신중한 자신감도 가져야 한다.

---

191. 지적 및 도덕적 재능이 풍부하다는 의미가 있다.

293

금은 무게에 따라, 사람은 도덕성에 따라 가치가 매겨진다

성숙함에 대해서. 성숙함은 겉으로도 빛나지만, 습관에서는 더욱 빛난다. 금은 무게에 따라 값이 매겨지고, 사람은 도덕성에 따라 가치가 매겨진다. 성숙은 탁월한 자질로 존경심을 불러일으킨다. 사람의 침착함은 곧 영혼의 얼굴이다. 성숙함이란 경솔한 사람이 생각하듯 움직임 없는 둔한 어리석음이 아니라, 아주 침착한 권위이다. 성숙한 사람은 판단력 있게 말하고, 목적에 맞게 행동한다. 그런 사람은 완성된 사람이다. 성숙도에 따라 온전한 사람이 되기 때문이다. 사람은 어린애 같은 모습을 벗어버릴 때 비로소 진지해지고 권위를 갖기 시작한다.

294

감정에 좌우되지 않는 건강한 의심이 필요하다

자기 의견을 절제하라. 누구나 자기 이익에 따라 의견을 내고, 그것을 뒷받침하는 풍부한 근거를 댄다. 그런데 대부분의 판단은 감정에 좌우된다. 두 가지 상반된 의견이 충돌할 때가 있는데 그때마다 각자 자신이 이성 편에 있다고 생각한다. 하지만 이성은 사실을 왜곡하지 않고, 절대 두 얼굴을 갖지 않는다. 아주 조심스러운 내용을 다룰 때 현명한 사람은 신중하게 그 일을 진행한다. 자기 의견을 의심하다 보면 다른 사람의 행동에 관한 평가도 바뀔 수 있기 때문이다. 따라서 종종 다른 사람의 입장에 서보아야 한다. 그리고 그들이 내는 다른 의견의 원인을 잘 검토해보아야 한다. 그러면 분별력을 잃은 채 상대방을 비난하거나, 자기 의견만 확실하다고 우기지는 않을 것이다.

295

업적을 쌓되
그것을 직접 팔지는 말라

하는 척이 아니라, 실제로 행동하라. 보통 가장 일을 적게 하는 사람이 가장 많이 일한 척한다. 그들은 아무렇지도 않게 모든 일을 속인다. 그들은 박수갈채에 따라 이리저리 변하는 카멜레온으로 살다가 모두의 웃음거리가 된다. 허세는 항상 불쾌한데, 특히 여기에서는 조롱거리가 된다. 이런 명예를 좇는 개미들은 업적을 구걸하러 다닌다. 따라서 아주 뛰어난 업적을 세울수록 과시하지 말아야 한다. 그런 업적을 세운 것으로 만족하고, 그 업적에 대해 이러쿵저러쿵 말하는 건 다른 사람에게 맡겨야 한다. 즉, 업적을 쌓되, 그것을 직접 팔지는 말라. 또한, 아무도 믿지 않을 더러운 거짓말을 쓰기 위해 황금 펜[192]을 빌려서도 안 된다. 영웅처럼 보이기보다는 영웅이 되기를 열망하라.

---

192. 중세 말부터 왕은 정치적 선전 수단으로 연대기를 쓰려고 인문주의자들을 고용했었다. 여기에서는 겉으로 보이기 위한 모든 글쓰기를 의미한다.

296

탁월한 한 명이 평범한 다수보다 낫다

탁월하고 위엄 있는 사람. 탁월한 자질이 탁월한 사람을 만든다. 탁월한 한 명이 평범한 다수보다 낫다. 이전에 어떤 사람은 모든 물건 심지어 평범한 장신구까지 크게 만드는 걸 좋아했다. 그렇다면 위대한 사람이 탁월한 정신까지 가지려면 얼마나 더 노력해야 하겠는가! 하느님 안에서는 모든 게 무한하고 광대하다. 마찬가지로 영웅[193] 안에서도 모든 것이 위대하고 장엄해야 한다. 그 결과 모든 행동과 말에도 탁월하고 훌륭한 위엄이 나타나야 한다.

---

193. 각주 17 참조.

297

혼자 있을 때도 마치 온 세상이 지켜보는 것처럼 생각하라

항상 남들이 보는 것처럼 행동하라. 남들이 보고 있거나, 볼 것으로 생각하면 신중해진다. 그들은 벽에도 귀가 있고, 나쁜 행동은 언젠가 밖으로 터져 나올 수밖에 없음을 안다. 그래서 혼자 있을 때도 마치 온 세상이 지켜보는 것처럼 생각하며 행동한다. 언젠가 모든 것이 드러난다고 확신하기 때문에, 지금 자신을 보는 사람들을 나중에 자기 행동을 증언할 증인들로 생각한다. 온 세상이 자신을 봐주길 원했던 사람[194]은 남들이 자기 집을 들여다볼 수 있다는 사실에도 전혀 개의치 않았다.

---

194. 로메라-나바로에 따르면 이 사람을 마르쿠스 리비우스 드루수스(Marcus Livius Drusus, 고대 로마 정치가)로 추측한다.

298

스무 살에는 의지가, 서른 살에는 재능이, 마흔 살에는 판단이 지배한다

뛰어난 사람을 만드는 세 가지 요소. 풍부한 재능[195]과 깊은 생각, 유쾌한 취향. 이것들은 관대한 신이 내린 최고의 선물이다. 좋은 생각을 품는 것도 좋지만, 잘 추론하고 제대로 이해하는 재능은 더 큰 장점이다. 이런 재능이 머리가 아닌 척추에 있어서는 안 된다. 그러면 재능이 날카로워지기보다는 둔해진다. 또한, 깊은 생각은 이성의 열매다. 스무 살에는 의지가 지배하고, 서른 살에는 재능이, 마흔 살에는 판단이 지배한다. 살쾡이의 눈처럼 빛이 뿜어져 나와 가장 깜깜한 어둠 속에서 깊이 생각하고 제대로 깨닫는 사람들이 있다. 기회를 타고나는 사람도 있는데, 그들은 언제나 목적에 맞는 것을 기막히게 찾아낸다. 따라서 그들은 좋은 것을 많이 얻는다. 이것은 가장 복된 풍부함이다. 하지만 유쾌한 취향은 삶 전체의 맛을 좋게 한다.

---

195. 각주 10 참조. 이해력과 지능을 의미하는 것으로 볼 수 있다.

299

몸에 갈증이 날 때는 살짝 가시게 하되 완전히 해갈하지는 말라

허기를 남겨두라. 넥타[196]라도 입술에서 떼어내야 한다. 욕구는 가치를 매기는 척도다. 몸에 갈증이 날 때는 살짝 가시게 하되, 완전히 해갈하지 않는 것이 좋은 취향을 유지하는 비결이다. 좋은 것은 조금 즐길 때, 맛이 배로 좋아진다. 하지만 그것을 다시 즐기면, 그 맛이 떨어진다. 즐거움도 물릴 정도로 많으면 위험하다. 영원한 탁월함도 너무 많으면 경멸당하기 때문이다. 따라서 만족하게 해주는 유일한 방법은 허기진 상태로 있게 함으로써 식욕을 돋우는 것이다. 만일 화가 날 수밖에 없는 상황이라면, 그것이 너무 질려서 생기는 분노가 아니라, 욕구를 채우고 싶은 조바심 때문에 생기는 것이어야 한다. 힘들게 얻은 행복은 두 배로 달콤한 법이다.

---

196. 그리스 신화에서 신들이 마시던 음료이다.

300

인간의 능력과 위대함은 행운이 아니라 미덕으로 평가되어야 한다

한마디로 미덕을 갖춘 사람이 돼라. 이 책의 모든 내용을 한마디로 하면 이것이다. 미덕은 모든 완벽함을 이어주는 연결 고리이며, 행복의 중심이다. 이것은 지혜롭고 신중하며, 기민하고, 사려 깊으며, 현명하고, 용감하며, 절제하며, 정직하고, 행복하고, 칭찬받을 만하고, 진실한 사람이 되게 한다. 즉, 동서고금을 막론하고 모두를 영웅으로 만든다. '에스'(S)로 시작하는 세 단어[197]가 행복을 만드는데, 바로 미덕과 건강, 지혜다. 미덕은 소우주[198]의 태양인데, 그 반구는 선한 양심으로 되어 있다. 이것은 너무 아름다워서 신의 은총과 사람들의 호의를 얻는다. 미덕만큼 사랑스러운 것은 없고, 악덕만큼 가증스러운 것도 없다. 미덕만이 진실하고, 다른 나머지는 모두 농담에 불과하다. 인간의 능력과 위대함은 행운이 아니라, 미덕으로 평가되어야 한다. 오로지 미덕만이 그 자체로 충분하다. 미덕 있는 사람은 살아서는 사랑을 받고, 죽어서는 오래 기억된다.

---

197. Santo, Sano, Sabio. 첫 번째 단어 '성인 같은'(santo)은 로메로-나바로의 해설에 따라 '미덕'으로 번역했다.
198. 저자는 사람을 소우주로 보았다.

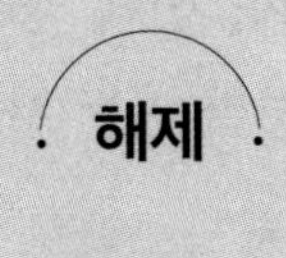

해제

끝없는 선택 앞에서 지혜롭고 분별력 있는 사람이 되는 길

김유경

"정직하면 바보 되는 불합리한 세상"이라는 말은 최근에 새로 생긴 말이 아니다. 17세기에 살았던 발타자르 그라시안은 상류 사회와 긴밀한 관계를 맺고 부자와 권력자들의 음모를 목격하면서 같은 결론을 내렸다. 그는 모든 성취가 의미 있는 삶으로 연결되는 것은 아님을 깨닫고, 조화로운 지혜를 찾으려고 애썼다. 그래서 이 책의 시선은 생존의 고된 과제인 끝없는 선택 앞에서 지혜롭고 분별력 있는 사람이 되기 위해 매일 고군분투하며 성공하길 원하는 모든 사람을 향한다. 그렇게 그는 음모로 가득 찬 세상에서 의미 있는 삶과 성공하는 삶 사이의 중도를 보여주려고 했다.

하지만 모든 것이 변하는 세상에서 그의 조언들이 지금도 유효할

까? 놀랍게도 그가 전하는 인간 본성에 대한 깊은 통찰과 삶의 지혜들은 매우 현대적이다. 수없이 쏟아지는 재편집본과 여러 언어의 번역본이 그 유효성을 확실히 증명한다. 이제 이 책의 배경과 특징, 그 안에 담긴 진수를 자세히 살펴보도록 하자.

1. 저자에 대해

발타자르 그라시안 이 모랄레스(Baltasar Gracián y Morales)는 1601년 1월 8일, 스페인 사라고사 지방, 칼라타유드 지역인 벨몬테에서 태어났다. 의사였던 아버지 프란시스코 그라시안 가르세스(Francisco Gracián Garcés)와 어머니 앙헬라 모랄레스(Ángela Morales) 사이에서 태어났고, 손위 형제들이 일찍 죽는 바람에 장남이 되었다. 형제자매들이 많은데, 그중 로렌소 그라시안(Lorenzo Gracián)을 주목할 필요가 있다. 그의 작품 중 대다수가 이 이름으로 출간되었기 때문이다. 이후 삼촌인 안토니오 그라시안과 함께 톨레도에서 지냈다는 사실 외에 그의 유년기와 청소년기에 대한 정보는 많지 않다.

1619년 5월 30일, 18세에 타라소나의 예수회에 입회한다. 이후 칼라타유드에서 1623년까지 머물며 2개의 철학 과정을 공부하고, 사라고사 대학에서 4개의 신학 과정을 이어갔으며, 1627년 이곳에서 사제 서품을 받았다. 1630년까지는 칼라타유드에서 인문학 교수로 일했고, 발렌시아의 수도원에서 1631년까지 3년간 수련기를 마쳤다. 그리고 레리다에서 문법과 윤리신학을 가르치고, 간디아에서 고해신부이자 설교자, 문법, 철학, 윤리신학 교수로 일하며, 1635년에는 장엄 서원을 했다. 그리고 같은 해 첫 작품인 『영웅』(*El Héroe*)을 쓰기 시작했을 가능성이 매우 큰데, 이는 예수회 관구에서 가장 잘 갖춰진 간디아의 도서관 덕분이었다. 그리고 1636년 여름부터 1639년 8월 말까지 우에스카 신학교에 있었는데, 이때 삶의 궤적에 중요한 변화가 나타난다. 이곳에서 작품들을 출판하기 시작했고, 많은 학자와 작가를 만났기 때문이다. 그중에 우에스카 출신의 빈센시오 후안 데 라스타노사(Vincencio Juan de Lastanosa)를 주목할 만하다. 그는 그라시안의 후원자로서 후안 노게스(Juan Nogués)의 인쇄소에서 작품 출판을 도왔고, 그에게 여러 사람을 소개해주었다.

1637년 그는 『영웅』을 출간했는데, 예수회의 승인 절차가 느리고 엄격했기에 동생 로렌소의 이름으로 출간했다. 1639년에는 사라고사 신학교에 자리를 잡고, 프란체스코 마리아 카라파, 노세라 공작, 아라곤과 바라바 지역 총독의 고해 사제가 된다. 1640년 스페인 군주제가 붕괴 직전에 이르렀을 때 그는 두 번째 작품 『정치가 돈 페르난도 가톨릭 왕』(*El Politico don Fernando el Católico*)을 출간하여 노세라 공작에게 헌정했다. 이 책에서는 페르난도왕이 스페인 군주국의 가장 위대한 왕임을 옹호하고 그의 정치적 기량과 덕목을 강조한다.

이후 그는 설교자로 큰 성공을 거두었고, 다음 작품 『재능의 기술』(*Arte de ingenio*)을 준비했다. 1642년 3월 사라고사로 돌아와서 세사라우구스탄 신학교에서 관구 수사로 처음 참석했고, 타라고나의 예수회 수련원 부총장으로 임명되었다. 이후 1645년까지는 발렌시아에 머물며 후속작으로 『신중한 사람』(*El Discreto*)을 준비하며 고해 성사와 설교 사역에 전념했다. 하지만 설교단에서 「지옥에서 보낸 편지」를 읽는 사건으로 교단과 갈등이 불거졌다. 이후 우에스카로 옮겨져 집필에 전념했는데, 1646년 11월 레리다로 옮겨 레가네스 후작 군대의 군목으로 카탈루냐 전쟁에 참여하게 되면서 저술 작업이 일시 중단

되었다. 하지만 그는 그곳에서 군인들에게 '승리의 대부'라는 별명을 얻고, 『신중한 사람』도 출간했다. 이것은 발타자르 카를로스(Baltasar Carlos) 왕자에게 헌정된 책이었다.

이듬해 1647년 그의 작품 중 가장 널리 읽히고 많이 번역된 『사람을 얻는 지혜』(*Oráculo manual y arte de prudencia*, 직역하면 "신탁 편람과 지혜의 기술")을 출간했다. 그리고 1648년에는 『통찰과 재능의 기술』(*la Agudeza y arte de ingenio*)을 내면서 1642년에 시작한 『재능의 기술』 재작업을 마무리했다. 그리고 1651년 3월, 처음으로 예수회의 모든 허가를 받아 우에스카 주교인 에스테반 에스미르에 헌납한 『예수회 헤로니모 콘티넨테의 유익한 설교집』(*Predicación fructuosa del jesuita Jerónimo Continente*)의 출판 책임을 맡았다.

같은 해 교단의 허락 없이 가르시아 데 마를로네스(García de Marlones)라는 가명으로 『비판자』(*El Criticón*) 1부를 출간해 군인 파블로 데 파라다(Pablo de Parada)에게 헌정했다. 하지만 이 소식은 곧 고스윈 니켈 총장에게 전해지고, 1652년 다른 사람의 이름으로 하찮은 책을 출판했다는 이유로 경고를 받는다. 하지만 1653년에 다시 로렌소의 이름으로 아스투리아의 돈 후안 호세(Don Juan José)에게 헌정하는 『비판자』 2부를 출간한다. 1655년에는 『성체 배령석』(*El Comulgatorio*)을 냈는데, 이것은 유일하게 실명을 사용하고 모든 예수회의 허가를 받은 작품이었다. 이 책에서는 금욕적이고 신비주의적인 전통 내에서 교감할 수 있는 50가지 명상 세트를 제공하는데, 예수회의 기억술 수행과 관련 있었다.

1657년에 다시 로렌소의 이름으로 로렌소 프란세스 데 우리티고이티(Lorenzo Francés de Urritigoiti)에게 헌정하는 『비판자』 3부를 냈다. 하지만 그 일로 1658년에 빵과 물만 먹는 금식 징계를 받았고, 집필 교수 자리에서 해임되었으며, 그라우스의 학교로 좌천되었다. 니켈 주교는 피케르 신부에게 그에 대한 감금과 엄격한 감시를 명령했고, 심지어 예수회에 불리한 글을 남기지 못하도록 종이와 잉크, 펜 사용까지 금했다. 그런 처벌에 상처받은 그는 주교에게 교단 면직을 요청했지만 받아들여지지 않았고, 4월경 타라소나의 학교에 상담자이자 감독자로 갔다. 5월에는 아라곤에서 설교도 했지만, 니켈 주교는 설교 주제를 의심하며 계속 감시했다. 그리고 그는 1658년 12월 6일, 57세 나이로 사라고사의 타라소나에서 숨을 거두었다.

2. 시대 배경(1601~1658년)

1) 정치사회

작가가 살았던 17세기 전후 상황을 잠깐 살펴보면, 스페인은 15세기 말 카스티야 지방의 이사벨과 아라곤 지방의 페르난도가 결혼하면서 가톨릭 공동 왕 시대를 맞는다. 그들은 그라나다의 재탈환과 국왕의 통제 강화, 콜럼버스 후원 등을 비롯한 꾸준한 정복 활동을 통해 스페인을 역동적인 나라로 만들었다. 이후 신중왕이라고 불린 가톨릭의 수호자, 펠리페 2세(1556-1598)는 중앙집권체제를 공고히 하고, 해상무역을 장악했다. 그렇게 16세기 초 스페인은 지상에서 가장 강대한 국가가 되었고, 17세기 초까지 약 150년간 유럽의 지배자로 군림했다.

그러나 이후 그라시안이 활동하던 무렵 펠리페 3세(1598-1621), 펠리페 4세(1621-1665) 시대부터 서서히 몰락의 길을 걷기 시작한다. 이들은 '지지부진한 합스부르크 왕들'이라고 불릴 정도로 무능하고 부패했다. 17세기에는 왕의 전권을 위임받은 총신이 왕국을 다스리는 총신 체재를 만들었는데, 3세 때는 레르마 공작이, 4세 때는 올리바레스 공작이 실권을 쥔다. 이후 식민지에서 들어오던 수입이 크게 줄고 군사력도 약화됐으며, 중산층도 사라졌다. 특히 30년 전쟁 개입으로 경제적 위기를 맞았고, 포르투갈 및 카탈루냐의 반란, 전쟁 참패 등으로 서서히 힘을 잃었다. 궁정 생활 역시 점점 더 권력 투쟁과 음모로 얼룩졌다. 결국, 스페인은 가톨릭 신앙을 지키려는 이상과 무리한 제국주의 집착으로 해가 지는 나라가 되고 말았다.

2) 문화

아이러니하게도 17세기는 문화적으로 황금시대였다. 계층 간 차이는 심했지만, 인구가 밀집된 세비야에서는 파티 문화가 활발했고, 상류층은 예술을 즐기거나 예술가들을 지원할 여유도 있었다. 귀족들은 자기 과시 목적으로 활발하게 예술가를 후원했다. 그리고 이런 불안정한 시기는 예술가들에게 창작 욕구를 자극한다. 특히 16세기 말부터 17세기까지 스페인은 바로크 시대에 접어들었는데, 물질적이고 세속적인 것에 대한 환멸과 덧없음, 종교적 희망, 죽음의 편재라는 특징이 문화 전반에 드러났다. 세르반테스와 로페 데 베가, 루이스 데 공고라, 프란시스코 데 케베도, 페드로 칼데론 데 라 바르카, 벨라스케스, 바르톨로메 에스테반 무리요 등 수많은 예술가가 이런 황금기를 장식했다.

3) 종교

바로크가 시작된 배후에는 반종교개혁(Contrarreforma)이 있었는데, 이것은 개신교 종교개혁에 반응해 가톨릭교회 내부에서 일어난 개혁 움직임이었다. 그리고 여기에 앞장선 종파가 바로 저자가 속한 예수회였다. 1534년, 스페인 귀족 출신인 이그나시오 데 로욜라(Ignacio de Loyola)는 군인으로 활동하다가 부상을 입었는데 치료하는 과정에서 깊은 신앙 체험을 하고 영적 군사가 될 것을 다짐했다. 따라서 예수회는 군대 제도를 모방하며 '무조건 복종'이라는 엄격한 규율로 유명했다. 이러한 특징에 따라 내부 결속이 강했고, 반종교개혁 운동뿐만 아니라 유럽과 아시아, 미국 등의 선교에 앞장섰다. 동시에 예수회 사제들은 교육자로서 높이 평가받아 궁중에서 일하거나 유력한 귀족의 고해 사제가 되었다. 르네 데카르트에게 높은 수준의 수학을 가르친 사람들도 예수회 사제들이었으니 당시 그들의 교육 수준을 짐작할 수 있다.

3. 이 책에 대해서

17세기 바로크 시대, 스페인 귀족 세계는 겉으로는 화려함을 과시했으나, 안으로는 속임수와 음모, 배신이 가득했다. 당시는 정중한 궁정 행동 지침만 강조할 뿐, 가장 어려운 과제인 '좋은 선택'에 관한 실용적인 훈련을 담은 책이 부족했다. 비관주의가 팽배했던 적대적 세계에서는 불신과 위장 및 교활함을 이길 만한 주의력과 지혜가 필요했고, 이것은 복잡하고 비정한 정치계에서 살아남기 위해 지배자에게 필수적인 기술이나 지적인 덕과도 연결되었다. 따라서 저자는 많은 함정과 악한 행동을 미리 알아야 피할 수 있다고 경고하며 어리석은 사람이나 그런 상황에서 벗어나 자신을 지킬 방법을 전하고자 했다. 이 책에서 그는 숙명론적이지 않고, 최악의 상황에서도 적극적인 해결책을 모색한다.

그는 예수회 신부였지만, 글 안에는 종교적 언급이 거의 없고 기독교 도덕 개념을 지향하지도 않는다. 이런 격언 형식은 성서의 여러 책 중에서 솔로몬이 기록한 『잠언』을 떠올리게 한다. 또한, 이 책은 라 로슈푸코, 라 브뤼에르, 몽테뉴, 파스칼, 라퐁텐 같은 17~18세기 프랑스 도덕철학자들에게 큰 영향을 미쳤다. 특히 독일 철학자 쇼펜하우어는 이 책을 번역하기 위해 스페인어를 따로 배웠는데, 당시에는 출판사를 찾지 못해 사후 2년, 즉 번역한 지 30년 만인 1862년에서야 빛을 보게 되었다. 이후 프리드리히 니체도 이 책을 극찬했고, 영어판도 영국과 미국에서 베스트셀러에 오르며 선풍적인 인기를 얻었다.

1) 제목

이 책은 원서 제목에서 책의 형식과 내용이 압축적으로 드러난다. 특히 저자는 모순적인 단어 조합을 통해 각 단어의 의미를 강조한다. 이 제목은 "신탁 편람"(Oráculo manual)과 "지혜의 기술"(Arte de prudencia)로 나눌 수 있다. 각각을 살펴보자.

여기에서 '신탁'(Oráculo)은 말 그대로 인간이 겪는 난제에 대한 신의 대답으로, 의문 해결이라는 분명한 목적이 있다. 그리고 거기에 "손에 들고 다니기 쉽다"라는 뜻인 형용사 'Manual'이 함께했는데, 명사로는 '편람, 매뉴얼'이란 뜻이다. 보통 편람은 휴대용 크기라는 의미도 포함하고 있어 여기에서는 명사형으로 쓰인다. 참고로, 이 단어는 오늘날 같은 뜻으로 쓰이는 '엥케이리디온'(Encheiridion, 그리스어로 "주먹 안에 들어가는 단도"라는 뜻)과 연결된다. 이렇게 인간이 가까이 할 수 없는 신비한 신의 영역과 접근 가능하고 실용적인 세속 영역에

속하는 두 단어가 날카롭고 독창적으로 충돌하면서, 교훈성과 간결성의 의미를 분명하게 전달하고 있다. 참고로, 16~17세기에는 휴대용 크기와 저렴한 가격 때문에 편람 형식의 책이 많았다.

두 번째 제목인 '기술'(Arte)의 어원은 그리스어 '테크네'(Techne)로 실용적 지식과 기술, 능숙함, 예술 등 뭔가를 만드는 것과 연결된다. 당시 독자들은 이 단어를 "일을 올바르게 하기 위한 규칙과 교훈을 규정하는 능력" 정도로 이해했다. 르네상스와 바로크 시대에는 이런 생활 양식과 기술에 관한 책이 유행했는데, 에라스무스, 마키아벨리, 라 로슈푸코의 작품 등에도 그 특징이 잘 나타난다.

마지막으로 '프루덴시아'(Prudencia)는 이 책에서 '지혜'로 번역했지만, 그 이상의 의미가 있다. 17세기 도덕 철학 연구서를 보면, 어원인 라틴어 프루덴티아(Prudentia)는 미덕일 뿐만 아니라, 정해진 목표 실행에 필요한 힘을 주는 실천적 이성이다. 'Prudencia'는 현대어에서 주로 '신중함'이란 뜻으로 쓰이지만, 이 책에서는 지혜와 통찰력, 판단력, 분별력, 사려 깊음 등 모든 인간 행동을 규제하고 진정한 목적을 달성하도록 명령하는 '실천적 지혜'와 상통한다. 하지만 지혜 자체가 곧 '기술'이 될 수는 없기에 이 조합 또한 모순적이다.

이 책에 나오는 위 단어들이 같은 의미로 수렴된다는 것을 이해하는 게 중요하다.

2) 영향을 준 사조

이 책의 내용을 이해하려면 먼저 17세기 바로크 양식의 문학적 흐름을 알아야 한다. 먼저 케베도가 주도한 '콘셉티스모'(Conceptismo, 기상주의奇想主義, 기지주의)가 있다. 이것은 말 그대로 기상천외한 방법으로 의미를 만들어내는 양식이다. 즉, 상식적으로 관계없어 보이는 대상들을 끌어와 연관된 의미를 찾아내는 방식으로, 형식보다 의미가 중요하다. 최소 단어로 최대 의미를 집중시키기에 정확성과 간결성을 추구하고, 언어유희와 은유, 비유, 대조, 풍자 암시 등을 사용한다. 그라시안의 글에는 이런 콘셉티스모 특징이 강하게 나타난다.

또한, 공고라가 주도한 '쿨테라니스모'(Culteranismo, 과식주의過飾主義)도 있는데, 이것은 내용보다 형식을 중요시한다. 일상어와 동떨어진 난해하고 복잡한 언어가 특징이며 과도한 치장과 반복, 극적 대비, 과장 등을 사용한다. 이외 그는 '타키투스주의'(Tacitismo)에도 영향을 받았는데, 이는 로마 역사가 타키투스의 역사서에서 보듯 황제와 정치가의 행적을 연구해 처세 지침을 끌어내는 경향을 의미한다. 또한, 스토아 철학과 기독교의 화합을 모색한 신스토아철학(Neostoicism)의 영향도 받았다. 특히 그는 세속적 분별력을 가진 궁정 이론의 가장 뛰어난 선구자로 세네카를 꼽았다.

3) 구성과 양식

이 책은 번호가 붙은 300개의 단락으로 구성된다. 단락마다 짧은 주제어인 격언이나 행동 규칙이 나오고, 이어서 내용이 전개된다. 주제어 표현 형식은 다양한데, 주어-동사-보어로 이어지는 보편적인 문장 구조뿐만 아니라, 명사구나 동사 원형, 예수회의 조언에서 주로 나타나는 부정형 형식 등도 많이 나온다. 번역 시 이 부분은 최대한 원문 형태를 유지했지만, 효율적인 의미 전달을 위해 형태를 바꾼 부분도 있다.

이 문장들은 아주 짧지만, 의미 구조는 복잡한 편이다. 첫 번째와 마지막 단락만 전체 작업을 위한 일종의 틀에 해당하고, 그 안의 단락(2~299)은 독립적이기 때문에 독자가 보고 싶은 부분을 선택할 수 있다. 이 중 72개 내용은 작가의 다른 책에서 출처를 찾을 수 있고, 나머지 228개는 새로 추가된 내용이다. 저자는 자기 생각을 교묘하게 끌고 가다가 요점으로 직진하는 경우가 많아 '콘셉티스모'의 특징을 고스란히 보여준다. 서로 다른 문장들 사이에 개념적 관계를 만들고 추상적인 의미를 높이면서 격언의 성격을 강조한다.

하지만 구문뿐만 아니라 어휘에서도 난해한 요소가 많다. '그라시안 사전'을 따로 만들어야 할 정도로 현대 스페인어의 뜻과 다른 단어가 많고, 저자가 직접 만든 단어들도 있다. 또한, 언어유희가 가득하고 뜻이 모호해서 두세 번 읽어도 확실한 의미가 유추되지 않는 경우도 많다. 예를 들어 'genio/ingenio, dora/adora, aviso/viso, calidez/candidez, poquedad, necedad' 등으로, 모양은 비슷하지만 다른 뜻의 단어를 사용해 대조적인 의미를 만들어내므로, 원뜻만 생각하면 핵심을 파악하기 어렵다. 따라서 저자의 의도에 관한 많은 의문과 언어적인 한계로 저자가 사용한 언어유희를 제대로 살리지 못한 아쉬움이 크다.

이 책은 따로 장도 없고 등장인물도 많지 않으며, 엄밀히 말하면 고정된 틀이 없어서 학자들마다 해설 기법도 다양하다. 17세기에 나온 다른 격언집들이 평범한 표현으로 독자들의 이해를 도왔다면, 그라시안은 날카롭고 재치 있는 표현을 통해 독자를 혼란스럽게 만드는 일에서 쾌감을 느낀 것 같다. 이런 여러 이유로 이 책은 스페인어로 읽기에 가장 어려운 텍스트 중 하나로 알려져 있다.

4) 내용

이 책은 예수회에서 나온 핸드북들과 달랐다. 바로크 시대 유럽의 모럴리스트들은 성서에 나온 예시와 경구를 바탕으로 하는 전형적인 패턴을 사용했다. 정해진 원칙을 따르고 있어서 해결책도 다양할 수가 없었다. 하지만 그라시안의 글은 근대적 성격이다. 주변 변화를 통해 정체되고 뒤얽힌 지식의 무의미함을 인식했기 때문이다. 즉, 그는 새로운 문제에는 새로운 답이 필요하다고 보았다. 따라서 근대적 사고를 바탕으로 험한 세상에서 성공하고 행복하게 살아가게 하는 지혜의 기술을 전하고 있다. 그가 말한 내용 일부를 압축해보면 다음과 같다.

성공하려면 개인의 능력을 제대로 계발하고 사용해야 한다. 또한, 중요하지 않은 일에 시간을 낭비하지 말고 본질적인 일에 집중해야 한다. 중요한 것과 어떤 희생을 치르더라도 달성해야만 하는 것은 가능한 한 빨리 착수해야 하며, 나중으로 미루어서도 안 되고 끝까지 완수해야 한다. 따라서 다른 사람에게 의존하지 않고 스스로 일을 해결하려는 사람만이 성공할 수 있다. 그러나 어려운 작업에서는 혼자 행동하지 않는 것이 좋다. 뭐든 둘이 하면 짐을 더는 것처럼 실패를 혼자 떠맡는 건 위험하다. 하지만 혼자 많은 것을 얻고 싶다면 실패도 혼자 이겨내야 한다. 또한, 조언을 구할 줄 아는 것은 연약함의 증거가 아니라 지혜롭다는 뜻이다. 무엇보다 성공은 성취에만 의존하는 게 아니라, 주로 관계에 달려 있다. 따라서 명성을 얻고 관계를 돌보는 것이 중요하다. 동시에 적을 만들지 않도록 싸움과 갈등은 최대한 피해야 한다. 또한, 다른 사람들과 자신을 분리하는 법과 거절하는 법을 배워야 한다. 모든 사람은 주어진 상황에서 완벽함을 추구해야 하는데, 지혜와 개인적인 성숙이 그 완전함의 일부이다. 행운은 자주 찾아오지만, 그것을 잘 활용하는 방법을 알아야 한다.

이 책에는 이와 같은 수많은 조언을 담고 있는데, 언뜻 보면 모순처럼 보이는 내용도 많다. 하지만 그마저도 저자의 기본적인 의도를 정확하게 보여준다. 그는 독자가 특정 조언에 집착하거나 틀에 갇히지 않길 바랐기 때문이다. 즉, 각자가 처한 상황에 맞게 중간 지점을 찾아 유연하고 지혜롭게 행동하는 방법을 얻길 원했다.

이 책은 간편하고 쉽게 읽어낼 수 있지만, 거대하고 무한한 세계를 담고 있기도 하다. 저자는 당대나 과거의 인물을 따르지 않고, 영원히 존재할 만한 온전한 사람을 그리고자 했다. 그는 계급이나 직업의 한계와 엄격한 시간 구분을 지워가면서, 바로크 시대를 넘어 오늘날의 포스트 모던 시대까지 거침없이 넘어와 우리에게 말을 건다. 이것은 시공간을 초월해 인간과 삶의 중요한 원리들을 꿰뚫어 보는 그의 천재성 덕분이다.

그의 근본적인 삶의 목표는 성공과 명성뿐 아니라, 개인의 성숙이었다. 그리고 인간의 근본을 지키면서도 실용적인 성공 전략을 놓치지 않았다. 물론 이런 지혜를 얻는 건 어렵지만, 잘 적용한다면 그 가치는 엄청나다. 문장들 사이의 논리와 결말이 명확하지 않은 부분도 많은데, 예리한 저자는 독자가 그 빈 구멍을 스스로 채워나갈 것이라는 부분까지 미리 내다봤을지도 모른다. 따라서 그의 이런 의도를 충실히 따른다면 이 책은 당신만을 위한 특별한 책이 될 것이다.

발타자르 그라시안 연보

1601년 1월 8일　스페인, 칼라타유드의 벨몬테에서 출생하다.

1602년 (1세)　아테카로 이주. 아버지의 사망 전까지 이곳에서 보내다.

1619년 (18세)　타라고나 예수회에 입회해서 2년간 지내며 처음 서원하다.

1620년 (19세)　아버지 프란시스코가 사망하다.

1621년 (20세)　칼라타유드에서 철학을 공부하다.

1623년 (22세)　사라고사에서 신학을 공부하다.

1627년 (26세)　사제 서품을 받고, 칼라타유드에서 문학을 가르치다.

1630년 (29세)　발렌시아의 수도원에서 3년간의 수련기를 마치다.

1631년 (30세)　레이다에서 윤리신학과 문법을 가르치다.

1633년 (32세)	간디아에서 철학과 문법, 윤리신학을 가르치다.
1635년 (34세)	장엄 서원을 하다.
1636년 (35세)	우에스카에서 설교자와 고해 성사 신부, 철학과 윤리신학 교수로 일하다. 또한, 빈센시오 후안 데 라스타노사나 마누엘 살리나스 등과 우정을 쌓다.
1637년 (36세)	우에스카에서 『영웅』 출간.
1639년 (38세)	사라고사에서 자리를 잡고, 노세라 공작의 개인 고해 사제로 일하다.
1640년 (39세).	사라고사에서 『정치가 돈 페르난도 가톨릭 왕』을 출간하다.
1641년 (40세)	노세라 공작과 함께 마드리드로 가서 왕의 궁정에서 연설가로 유명해지다.
1642년 (41세)	마드리드에서 『재능의 기술』 출간, 타라고나의 예수회 수련원 부총장으로 임명되다.
1644년 (43세)	발렌시아에 머물며 고해 성사와 설교 사역에 전념하다.
1645년 (44세)	우에스카의 예수회 학교로 돌아오다.
1646년 (45세)	우에스카에서 『신중한 사람』 출간. 11월부터는 레이다에서 군대 성직자로 일하고 우에스카에서 성경을 가르치다.
1647년 (46세)	우에스카에서 『사람을 얻는 지혜』 출간하다.
1648년 (47세)	『통찰과 재능의 기술』을 출간하다.
1649년 (48세)	사라고사의 학교로 옮겨 고해 사제와 설교자로 일하며 성경 강좌를 맡다.
1651년 (50세)	사라고사에서 『비판자』 1부 출간.
1653년 (52세)	우에스카에서 『비판자』 2부 출간.

1655년 (54세) 사라고사에서 『성체 배령석』 출간.

1657년 (56세) 마드리드에서 『비판자』 3부 출간.

1658년 (57세) 교단의 허락 없이 책을 출간했다는 이유로 징계를 받고 그라우스로 보내지다. 교단 면직을 요청하지만 수락되지 않았고, 4월에 타라소나 신학교에 상담자로 자리를 옮기다. 5월에 아라곤에서 설교하다. 12월 6일, 타라소나에서 사망하다.

옮긴이 김유경

멕시코 ITESM 대학교와 스페인 카밀로호세셀라 대학교에서 조직심리학을 공부했다. 인사 업무를 하다가 지금은 출판기획과 번역을 하며 다양한 분야의 스페인어권 작품을 알리고 있다. 번역서로는 『언어의 뇌과학』, 『스토아적 삶의 권유』, 『어느 칠레 선생님의 물리학 산책』, 『우리는 모두 상처받은 아이였다』, 『여자의 역사는 모두의 역사다』, 『가난포비아』, 『붉은 여왕』, 『마음 홈트』, 『경이감을 느끼는 아이로 키우기』, 『동물들의 인간 심판』, 『42가지 마음의 색깔2』, 『엄마가 한 말이 모두 사실일까』, 『누가 내 이름을 이렇게 지었어?』 등이 있다.

현대지성 클래식 46

사람을 얻는 지혜

1판 1쇄 발행 2022년 10월 28일
1판 8쇄 발행 2024년 6월 27일

지은이 발타자르 그라시안
옮긴이 김유경
발행인 박명곤 **CEO** 박지성 **CFO** 김영은
기획편집1팀 채대광, 김준원, 이승미, 이상지
기획편집2팀 박일귀, 이은빈, 강민형, 이지은, 박고은
디자인팀 구경표, 구혜민, 임지선
마케팅팀 임우열, 김은지, 전상미, 이호, 최고은

펴낸곳 (주)현대지성
출판등록 제406-2014-000124호
전화 070-7791-2136 **팩스** 0303-3444-2136
주소 서울시 강서구 마곡중앙6로 40, 장흥빌딩 10층
홈페이지 www.hdjisung.com **이메일** support@hdjisung.com
제작처 영신사

현대지성 홈페이지

이 책을 만든 사람들
편집 채대광 **표지 디자인** 구경표

"인류의 지혜에서 내일의 길을 찾다"

현대지성 클래식

1 **그림 형제 동화전집** | 그림 형제
2 **철학의 위안** | 보에티우스
3 **십팔사략** | 증선지
4 **명화와 함께 읽는 셰익스피어 20** | 윌리엄 셰익스피어
5 **북유럽 신화** | 케빈 크로슬리-홀런드
6 **플루타르코스 영웅전 전집 1** | 플루타르코스
7 **플루타르코스 영웅전 전집 2** | 플루타르코스
8 **아라비안 나이트(천일야화)** | 작자 미상
9 **사마천 사기 56** | 사마천
10 **벤허** | 루 월리스
11 **안데르센 동화전집** | 한스 크리스티안 안데르센
12 **아이반호** | 월터 스콧
13 **해밀턴의 그리스 로마 신화** | 이디스 해밀턴
14 **메디치 가문 이야기** | G. F. 영
15 **캔터베리 이야기(완역본)** | 제프리 초서
16 **있을 수 없는 일이야** | 싱클레어 루이스
17 **로빈 후드의 모험** | 하워드 파일
18 **명상록** | 마르쿠스 아우렐리우스
19 **프로테스탄트 윤리와 자본주의 정신** | 막스 베버
20 **자유론** | 존 스튜어트 밀
21 **톨스토이 고백록** | 레프 톨스토이
22 **황금 당나귀** | 루키우스 아풀레이우스
23 **논어** | 공자
24 **유한계급론** | 소스타인 베블런
25 **도덕경** | 노자
26 **진보와 빈곤** | 헨리 조지
27 **걸리버 여행기** | 조너선 스위프트
28 **소크라테스의 변명·크리톤·파이돈·향연** | 플라톤
29 **올리버 트위스트** | 찰스 디킨스
30 **아리스토텔레스 수사학** | 아리스토텔레스
31 **공리주의** | 존 스튜어트 밀
32 **이솝 우화 전집** | 이솝
33 **유토피아** | 토머스 모어
34 **사람은 무엇으로 사는가** | 레프 톨스토이
35 **아리스토텔레스 시학** | 아리스토텔레스
36 **자기 신뢰** | 랄프 왈도 에머슨
37 **프랑켄슈타인** | 메리 셸리
38 **군주론** | 마키아벨리
39 **군중심리** | 귀스타브 르 봉
40 **길가메시 서사시** | 앤드류 조지 편역
41 **월든·시민 불복종** | 헨리 데이비드 소로
42 **니코마코스 윤리학** | 아리스토텔레스
43 **벤저민 프랭클린 자서전** | 벤저민 프랭클린
44 **모비 딕** | 허먼 멜빌
45 **우신예찬** | 에라스무스
46 **사람을 얻는 지혜** | 발타자르 그라시안
47 **에피쿠로스 쾌락** | 에피쿠로스
48 **이방인** | 알베르 카뮈
49 **이반 일리치의 죽음** | 레프 톨스토이
50 **플라톤 국가** | 플라톤
51 **키루스의 교육** | 크세노폰
52 **반항인** | 알베르 카뮈
53 **국부론** | 애덤 스미스
54 **파우스트** | 요한 볼프강 폰 괴테
55 **금오신화** | 김시습
56 **지킬 박사와 하이드 씨** | 로버트 루이스 스티븐슨
57 **직업으로서의 정치·직업으로서의 학문** | 막스 베버
58 **아리스토텔레스 정치학** | 아리스토텔레스

현대지성 클래식 살펴보기